AF282407

Jana Beek

Stadtschnipsel

Roman

Bibliographische Information der Deutschen Nationalbibliothek: Die Deutsche Nationalbibliothek verzeichnet diese Publikation in der Deutschen Nationalbibliographie, detaillierte bibliographische Daten sind im Internet über dnb.de abrufbar.

Cover: Jana Beek

Verlag: BoD · Books on Demand GmbH, In de Tarpen 42, 22848 Norderstedt

Druck: Libri Plureos GmbH, Friedensallee 273, 22763 Hamburg

ISBN: 978-3-7597-8520-6

1

„Auch auf dem Weg nach Mela?", fragte Nick und knibbelte an seinen Fingernägeln herum, warf einen Blick auf die öde Steppenlandschaft, die an ihnen vorbeizog und dann wieder auf sein Gegenüber.

Ein ernst dreinblickender Fahrgast, mit kurzen hellbraunen Haaren, einem blau gestreiften Hemd und zerknittertem Sakko, etwas älter als er selbst, vielleicht Ende dreißig, saß auf der anderen Seite des Tisches, der ihr Abteil in zwei Hälften teilte und trommelte mit den Fingern auf die schmale Fensterbank neben sich.

„Wie bitte?", er drehte den Kopf und schien die Frage erst jetzt zu registrieren.

„Ich bin Nick", Nick streckte ihm die Hand entgegen und lächelte.

„Kolja", stellte sich sein Gegenüber vor. Die Sorgenfalte zwischen den Augenbrauen blieb.

„Wer hätte gedacht, dass der letzte Ausweg durch die Ödnis dieser Taiga führt?", dachte Nick laut nach.

„Hm?", Kolja hob die Augenbrauen.

„Da draußen, diese endlose Abfolge von Grasland, Wäldern, Feldern und Steppe. Aber wenn Mela eine Oase inmitten der Wüste ist, dann wird es wohl richtig sein", fuhr Nick fort.

Kolja schüttelte bloß den Kopf und Nick spürte, wie sein Blick an ihm hängen blieb. Er konnte Kolja förmlich denken hören. Vielleicht regte er sich über Nicks schwarzen Nagellack auf, der an den Rändern schon abgenutzt war, oder es waren seine Haare, die bereits vor ein paar Monaten über die Ohren gewachsen waren und die er seitdem versäumt hatte schneiden zu lassen. Aber am wahrscheinlichsten war es, dass er sich an den Knie-strümpfen stieß, die Nick zu einer kurzen Hose trug, die aber zu seiner Verteidigung einen sportlichen Touch hatten. Leicht angewidert wandte Kolja sich wieder ab.

Und so saßen sie sich noch ein paar Stunden gegen-über. In Koljas Kopf wurde sicherlich etwas schwerwie-gendes verhandelt, denn er ließ sich nicht mehr zu einem Gespräch überreden, sondern zuckte immer wieder mit seinem linken Auge oder vergrub sein Gesicht unter seiner Hand. Nick lehnte derweil seinen Kopf an die Plastikver-schalung des Waggons und ließ ihn dort mit dem Zug vib-rieren. Währenddessen dachte er an all das, was er zurück-gelassen hatte und fragte sich, ob es die richtige Entschei-dung gewesen war.

Als sie sich dem Ziel näherten, packte Nick seine spärlichen Habseligkeiten zusammen, Kolja tat es ihm nach. Zusammen traten sie in den Durchgang und liefen bis zur nächsten Tür des Waggons. Langsam kamen die ersten Häuser von Mela in Sicht und der Zug verlang-samte seine Geschwindigkeit.

„Wirst du auch gleich zur Anmeldung gehen?", ver-suchte Nick es noch einmal. „Wir können zusammen her-ausfinden, wo wir hin müssen."

Kolja schüttelte den Kopf. „Mich zieht es in das Um-land von Mela", verkündete er und sein Blick verlor sich in der Ferne, als würde er gleich auf seinem Pferd in den Sonnenuntergang reiten.

„In diese Dörfer?", fragte Nick ungläubig. „Dort… dort gibt es gar nichts, sie bestehen soweit ich weiß nur aus Bauernhöfen und… und sowas wie Mühlen und…", Nick gestikulierte mit den Händen.

„Hmm", murmelte Kolja.

„Du bist doch aus der Stadt", stellte Nick fest, „was willst du dann dort?"

„Meine letzte Ruhe finden", konstatierte Kolja mit Grabesstimme.

Im nächsten Moment hielt der Zug an, die Türen öffneten sich und Kolja stieg aus. Kopfschüttelnd folgte ihm Nick. Doch als er draußen auf dem Bahnsteig in dem Gewimmel der Leute nach Kolja suchte, da war er schon verschwunden.

2

„Hier findet die Anlieferung von neuer Ware statt", Kora zeigte auf eine Zufahrt hinter dem riesigen Lagerhaus, schritt voran zur Eingangstür, gab einen Code ein und öffnete diese.

Nick kam ihr hinterher und trat in eine große schummrige Halle, die bis zum letzten Zentimeter vollgestellt war mit Regalen, Tischen, Schränken. Es roch nach Mottenkugeln und Schuhcreme.

„Die Kleidung ist nach Größe und Jahreszeit sortiert, glaube ich", Kora lachte nervös und spazierte durch die Reihen. „Kinderkleidung ist da hinten und Schuhwerk in dieser Ecke", sie zeigte in verschiedene Richtungen und entfernte sich von Nick, der woanders hinlief. „Die Leute kommen jeden Tag, um sich etwas abzuholen", fuhr sie von irgendwoher fort und ihre Stimme hallte durch den Raum. „Wir haben ein paar Aushilfen, die sich um die Pflege der Kleidersammlung kümmern, aber schon länger niemanden, der hauptamtlich die Leitung übernimmt. Und du kennst dich mit dem Metier aus?"

„Ein bisschen", rief Nick und inspizierte ein grünes Kleid, das auf einer Kleiderstange hing und deutlich herausstach.

„Sehr gut", Kora kam wieder hervor und lächelte ihn an. „Komm, ich zeig dir noch das Nebenzimmer, in dem Reparaturen und kleinere Näharbeiten verrichtet werden können", sie ging voran und er folgte ihr.

„Wir haben hier nicht die beste Ausrüstung, es sind nur ein paar Nähmaschinen und etwas Zubehör...", erzählte Kora.

Nick blendete für einen kurzen Moment Koras Stimme aus und versank in dem Anblick eines chaotischen Nähraums, in dem Stoffreste auf dem Boden lagen, ein Maßband über dem Stuhl hing, eine Kiste mit Garnrollen auf dem Tisch stand, daneben war ein Schneidebrett, in einem Regal sich unendlich viele Stoffe quetschten und aus einer Schublade Reißverschlüsse und Bänder quollen.

Nick dachte an das perfekt eingerichtete Maßatelier, in dem er den Großteil seines Erwachsenenlebens verbracht und das er zurückgelassen hatte. Es war auf all seine Bedürfnisse zugeschnitten gewesen, jedes Detail, jede Ecke war von ihm perfektioniert worden, sodass er sich blind darin zurechtfand. Und doch war er ihm entwachsen und er wusste noch nicht einmal mehr, warum. Irgendwann stand einfach die Entscheidung fest, er musste weg.

„… ich kann jemanden beauftragen, Ordnung zu machen, wenn du so nicht arbeiten kannst", fuhr Kora fort und Nick klinkte sich wieder ein.

„Nicht notwendig", schüttelte er den Kopf. „Ich mag sowieso meine eigene Ordnung. Lass mich ankommen und dann kann ich in ein paar Tagen loslegen."

„Aber natürlich. Nimm dir so viel Zeit, wie du brauchst. Du kommst vom westlichen Kontinent?"

„Hmm."

„Oh, dann ist das hier ein echtes Kontrastprogramm", Kora lächelte entschuldigend.

„Kann man wohl sagen. Aber ich habe es ja nicht anders gewollt, also muss ich da jetzt durch", Nick wollte nicht mehr dazu sagen und verließ den Nebenraum.

Kora folgte ihm. Sie zeigte ihm noch die kleine Küche, einen Aufenthaltsraum, die Sanitäranlagen und dann waren sie auch schon durch. Als sie draußen standen, gab Kora ihm den Code durch und das war es nun, sein neues Reich, die Kleidersammlung einer Mittelstadt, die von der Weltwirtschaft so gut wie abgeschnitten war.

3

Die nächsten zwei Wochen verbrachte Nick damit, sich in Mela einzurichten. Er bezog eine kleine Wohnung ganz in der Nähe des Kleiderlagers, kundschaftete die Nachbarschaft aus, bekam einen Taschencomputer ausgehändigt, mit dem er an die finanziellen und Informations-Kreisläufe in der Stadt angeschlossen war und leistete schon ein paar Stunden an seinem neuen Arbeitsplatz ab, um sich mit den Routinen vertraut zu machen.

Als er an einem Samstag das erste Mal den Markt aufsuchte, um sich frische Lebensmittel und Brot und Käse zu besorgen, schlenderte er durch die vielen schnatternden und voll bepackten Leute. Sie wirkten entspannter und fröhlicher als die Menschen aus der Großstadt, in der er zuletzt gelebt und gearbeitet hatte.

In dem Apartment eines Hochhauses war es oft einsam gewesen, auf den Straßen und in den Bahnen dagegen vollgestopft und dumpf, in seinem Atelier hektisch und angespannt. Das alles hatte ihm nie etwas ausgemacht, ein bisschen vermisste er den hohen Takt dieses Lebens. Aber es gab andere Dinge, die immer schwerer zu ignorieren waren.

„Mach dir keine Sorgen, Kolja", hörte er plötzlich neben sich und schaute sich um.

Da war er tatsächlich. Kolja. Räumte mit einer finsteren Miene hinter einem Gemüsestand die Kisten aus und stapelte sie auf, während jemand auf ihn einredete. Nick kam näher und gesellte sich dazu.

„Hey", sagte er zu den beiden und schaute zwischen ihnen hin und her.

Für einen Moment dachte er, dass Koljas Gesicht sich kurz aufhellte. Sein Gesprächspartner dagegen schaute neugierig fragend.

„Na, schon eingelebt?", fuhr Nick fort, da sonst niemand sich berufen fühlte, die Konversation am Laufen zu halten.

Als Antwort grummelte Kolja etwas Unverständliches und fuhr mit seiner Arbeit fort.

„Ich bin Juri, Koljas Freund und… nun ja, Kollege", ein ordentlich aussehender Mann mit Brille und Anzug reichte ihm die Hand und Nick schlug ein.

„Freut mich. Ich bin Nick. Moment mal, Kollege?", fragte Nick.

„Wir sind beide Gesellschaftswissenschaftler. Und du?", Juri kratzte sich an der Schläfe und schaute Nick an, als wäre er ein unlösbares Rätsel.

„Kolja und ich haben uns im Zug hierher kennengelernt, stimmts Kolja?", rief Nick zu ihm rüber.

„Gut, dass er schon ein paar Freunde gefunden hat", Juri grinste verwegen und warf Kolja einen bedeutungsvollen Blick zu.

„Nick ist nicht…", setzte Kolja an, brach dann aber ab und widmete sich wieder seiner Arbeit.

„Wenn es dir nichts ausmacht, könntest du ab und zu nach ihm schauen?", Juri beugte sich über einen Haufen Kartoffeln zu Nick rüber und senkte seine Stimme. „Kolja ist gerade in einer schwierigen Situation, er könnte jemanden gebrauchen, der…"

„Na klar, kein Problem", Nick schob eine Haarsträhne hinter das Ohr. „Wo wohnt er gerade?"

„Auf einem verlassenen Hof außerhalb von Mela. Du kannst mit einer Bahn, die nicht sonderlich oft fährt, dorthin kommen, ich schicke dir die Adresse", Juri holte seinen Taschencomputer heraus und tippte darauf herum. „Nur, wenn es dir nichts ausmacht natürlich. Kolja hat noch nicht viele Kontakte hier und ich bin aktuell stark eingebunden, das Semester hat gerade begonnen…"

„Ihr wisst schon, dass ich euch hören kann", Kolja stand auf einmal neben ihnen und verschränkte die Arme vor sich. „Und außerdem brauche ich niemanden, der auf mich aufpasst, das habe ich dir schon gesagt und schon gar nicht…"

„Ich muss los, Leute", unterbrach Juri ihn und klopfte ihm auf die Schulter. „Wir hören voneinander. Und Nick, danke! Das wird eine super Sache, das sehe ich jetzt schon", er zwinkerte ihm zu, drehte sich um und verschwand in der Menge.

„Juri und ich kennen uns schon seit Urzeiten", Kolja schaute ihm hinterher, „er meint es nur gut, du musst aber nicht…"

„Kolja, kannst du bei den Schultes beim Ausladen helfen?", eine robust aussehende Frau mit gesunder Gesichtsfarbe kam zu ihm rüber.

„Na klar", brummte Kolja und warf Nick noch einen Blick zu.

„Man sieht sich", rief Nick zum Abschied und dann war Kolja auch schon weg.

4

Am nächsten Montag wollte Nick seine neue Anstellung endlich mit voller Energie angehen und begab sich schon früh zum Kleiderdepot. Als er die Tür aufschloss, schlug ihm wie immer ein leicht dumpfer Geruch entgegen, weshalb er alle Türen öffnete und einmal ordentlich durchlüftete. Als nächstes lief er zum Nähraum und steuerte als erstes die verschiedenen Nähmaschinen an, die auf und unter den zwei Tischen standen. Sie sahen aus wie die Vorvorvorgängermodelle der Geräte, die er normalerweise benutzte, aber es würde schon gehen.

Bei der ersten, die er an den Strom anschloss und in Betrieb nahm, funktionierte gar nichts. Der Unterfaden verknotete sich bei jedem Nähversuch und so sehr Nick auch neue Spulen einsetzte, einfädelte und an den Stellschrauben drehte, die Maschine war wohl ein hoffnungsvoller Fall und weigerte sich, einen sauberen Stich zu produzieren. Nick packte sie wieder ein und stellte sie zur Seite. Schickte über den Taschencomputer eine Nachricht an die Zentralen Dienste, damit die Maschine abgeholt und eventuell repariert wird.

Nahm sich die nächste vor. Diese produzierte bei jeder Bedienung ein furchtbar ratterndes Geräusch, aber immerhin nähte sie Gerade- und Zickzackstiche ohne Einwände und hatte auch noch ein paar andere Funktionen auf Lager. Entgegen der gängigen Auffassung, dass Nähmaschinen möglichst hunderte von Stichen und Spezialtricks auf Lager haben müssten, war Nick der Meinung, dass eine solide Grundausstattung völlig ausreiche, um fast alles zu nähen, was es auf der Welt so gab.

Die Overlock-Maschine, die er als nächstes entstaubte und an den Strom anschloss, hatte einen altmodischen Fußhebel, funktionierte aber einwandfrei und produzierte saubere Nähte, die Nick so sehr liebte. Immerhin.

So arbeitete er sich von einem zum anderen und unterzog auch gleichzeitig alle Scheren, Druckknopfzangen und anderes Zubehör einem Funktionstest. Er merkte gar nicht, wie die Zeit verging und mit einem Mal hörte er eine Stimme hinter sich, die ihn vor Schreck eine Dose mit Stecknadeln auf den Boden fallen ließ.

„Wer bist du denn?", rief jemand vorwurfsvoll und Nick drehte sich ruckartig um.

Ein jugendliches Mädchen stand in der Tür des Nähzimmers und stemmte ihre Hände in die Hüften. Sie war komplett in Rot gekleidet. Leinen-Sommerhut mit roten Mohnblumen, weites Baumwollkleid in Weinrot, feuerrote Socken in erdbeerfarbenen Schuhen.

„Ich bin Nick, hab vor kurzem die Stelle hier angetreten als Leitung der Kleidersammlung", stellte er sich vor.

Das Mädchen schaute skeptisch und rümpfte die Nase. Dann schaute sie sich um, der Raum war in großer Unordnung, weil Nick fast jeden Krümel neu sortiert hatte und Haufen von Dingen gebildet hatte, die für die Reparatur oder Entsorgung bestimmt waren.

„Ich wollte hier etwas Ordnung und die ganze Einrichtung auf einen besseren Stand bringen. Von Altkleidersammlung zu spannender Kleiderparty", grinste Nick.

Das Mädchen versuchte ein Lächeln zu unterdrücken und kam näher. Kniete sich auf den Boden, um die Stecknadeln aufzusammeln. Nick holte die Dose dafür und half ihr.

„Und du bist...", setzte er an.

„Ich bin Ruby. Ich helfe hier nach der Schule aus", grummelte sie.

„Oh, Ruby… Ist das dein Künstlername? Wegen des ganzen Rots?"

„Was, nein", schnaubte sie. „Meine Eltern haben mir diesen Namen völlig ahnungslos gegeben, sie wussten bei meiner Geburt noch nicht, welches Feuer sie entfachen würden. Eines, das sie verschlingen würde."

Nick riss die Augen auf. „Sehr dramatisch", nickte er anerkennend.

„Und du? Du siehst aus, wie…", sie lehnte sich zurück und betrachtete Nick von oben bis unten, „…als hätte sich ein Profifußballer nach einer Formkrise für sechs Monate in einer einsamen Höhle verkrochen und hätte dort merkwürdige Pilze konsumiert. Als er wieder rauskam, war er nicht mehr wiederzuerkennen. Fast. Ist er es, oder nicht? Seine Augen sind wirr, seine Haare lang und sein Trikot: Schuhe, Stulpen, Shorts und T-Shirt haben sich transformiert in… etwas unerklärliches, unerklärlich… hässlich."

Nick lachte und klatschte müde in die Hände. „Bravo. Ich hab nur in meinem ganzen Leben nicht einmal einen Ball in irgendeine Richtung befördert. Aber sonst, der Rest stimmt. Also, wie oft bist du hier und welche Aufgaben übernimmst du?"

„Ich komme so zwei bis drei Mal in der Woche", Ruby stand auf und brachte die Dose mit den Stecknadeln zum Tisch. Danach lief sie durch den Raum und inspizierte alle Veränderungen, die Nick vorgenommen hatte. „Helfe beim Sortieren der neu angelieferten Kleidung. Kämpfe gegen Motten und Stockflecken. Habe ein Vorgriffsrecht auf alles Rote. Hasse es, Leute zu beraten und Löcher zu stopfen. Versuche bisher erfolglos alles Braune und Graue aus dem Sortiment zu verbannen", sie lächelte verschwörerisch.

„Prima", Nick war zufrieden, „ich übernehme gerne die Beratung und versuche mein Glück an den Nähmaschinen. Zeigst du mir, nach welchem Prinzip du sortierst? Und an welchem geheimen Ort die Farben, von denen wir nicht sprechen dürfen, landen? Oder werden sie gleich verbrannt?"

Ruby kicherte und machte eine Geste, ihr zu folgen. Zusammen betraten sie das ewige Labyrinth in der Halle und Nick ließ sich alles erklären.

5

„Eine Reparatur ist zu aufwendig", verkündete eine städtische Mitarbeiterin namens Nina am Telefon. „Und mit Nähmaschinen kenne ich mich leider auch nicht so gut aus. So oder so, bei dem Anschaffungswert ist es günstiger, neue zu kaufen, als nach Ersatzteilen zu suchen."

„Habe ich mir schon gedacht", stimmte ihr Nick zu und staubte in dem Schneiderraum die Regale ab. „Mach dir bitte keinen Kopf. Ich werde neue besorgen. Bessere. Die billige Verarbeitung von diesen hier ist sowieso zu fehleranfällig."

„Gibt es dafür ein Budget?"

„Ich werde mir etwas einfallen lassen."

„Alles klar. Wenn es andere defekte Geräte gibt, dann kannst du mich direkt anschreiben."

„Gut zu wissen. Ich muss noch die Waschmaschinen und einiges andere testen. Ich melde mich dann."

Nachdem er aufgelegt hatte, hielt er kurz inne und ließ das Reinigungstuch liegen. Seit ein paar Tagen kreiste ein Gedanken immer wieder in seinem Kopf. Er könnte zwei von seinen geliebten Nähmaschinen aus dem Depot, in dem er den Großteil seines Besitzes eingelagert hatte, kommen lassen. Es schien irgendwie ein bedeutender Schritt zu sein. Würden Leute Fragen stellen? Sich wundern, wie er zu diesen Geräten gekommen war? Vielleicht würde es niemandem auffallen. Andererseits, ohne eine gute Ausrüstung konnte er nicht arbeiten. Ruby war vielleicht in der Lage auf einem ratternden Donnergeschoss Löcher zu stopfen, er war es nicht.

Nick entschied sich genau dafür und schickte den Auftrag raus. Machte sich als nächstes daran, eine neue

Lieferung auszupacken. Kleidung sortieren, an Leute auszugeben, die Abrechnung über das stadtinterne Punktesystem abwickeln, daraus bestand sein Alltag und schon nach ein paar Tagen Vollzeitarbeit war er in den Abläufen drin.

Ruby war eine gute Unterstützung und sie führten immer spannende Gespräche, auch mit den anderen städtischen MitarbeiterInnen pflegte er einen guten Umgang. Aber nach einer Weile sehnte er sich danach, außerhalb von seiner Arbeit Menschen kennen zu lernen. War das nicht in seinem alten Job das Problem gewesen, dass alles nur noch mit ihm und Kleidung assoziiert war? Diesmal wollte er es anders angehen.

Am Freitagnachmittag setzte er sich in eine dieser klapprigen Bahnen und fuhr Richtung Versorgerhöfe. Er hätte sich vorher bei Kolja ankündigen können, Bescheid sagen, dass er zu Besuch kommen würde, aber er hatte den Verdacht, Kolja hätte ihn abgewimmelt. Also startete er diesen einen letzten hilflosen Versuch, mit ihm in Kontakt zu treten. Wenn das nichts wurde, dann würde er aufgeben. Es war sowieso schon ziemlich lächerlich, wie er ihm hinterherlief. Aber gut. So würde er auch das Umland von Mela kennenlernen, sagte er sich, es war also auch eine Erkundung der neuen Umgebung.

Als er aus der Stadt herausfuhr, waren nur noch wenige Menschen in der automatischen Bahn mit zwei kleinen Waggons. Die Häuser wurden spärlicher, dafür kamen kleine Wäldchen in Sicht und schließlich Felder, Gewächshäuser, Silos, Scheunen und ganz zum Schluss, an der Endhaltestelle, weit verstreute Bauernhäuser.

Nick stieg aus, und als die Bahn ihre Schleife fuhr, um zurückzufahren und die drei anderen Fahrgäste sehr schnell verschwunden waren, da fühlte er sich wie am anderen Ende der Welt. Wahrscheinlich war Kolja gar nicht zu Hause. Würde entweder mit seinem Kumpel Juri in der Dorfschenke einen trinken gehen oder Heuballen auf den Heuboden schaffen. Oder sowas ähnliches. Nick zog sich die Trainingsjacke zu und versenkte die Hände in den Taschen. Ruby hatte schon recht, er hatte etwas von einem verwahrlosten Profispieler. Nur, dass er zu dem Profispiel, das er gespielt hatte, nie mehr zurück kehren wollte und hoffte, dass ihn hier niemand ausfindig machen würde. Bis jetzt klappte das ganz gut.

Fröstelnd, denn er hatte die Witterung entweder unterschätzt oder hier war es viel kühler, als in der Stadt, lief er los. Natürlich lag Koljas Hof ganz am Außenrand der Siedlungen. Nach zehn Minuten waren seine Turnschuhe durchnässt und er vermisste Asphalt. Ab und zu grüßte er ein paar Schafe, Pferde und Hühner. Dann schimpfte er über den Wind. Aber mit einem Mal blieb er stehen und bewunderte den riesigen Himmel, an dem die weißen und grauen Wolken vorbeizogen. Es war Frühling. Und wann war das letzte Mal, dass er die Jahreszeiten bewusst miterlebt hatte? In seinem bisherigen Leben waren andere Taktungen wichtiger gewesen. Deadlines, Premieren, Preisverleihungen, Sitzungen, kreatives Brainstorming und so weiter. Diese hatten die Orientierungspunkte vorgegeben und Nick hatte sich noch nicht wirklich umgestellt, nach einer anderen Uhr zu ticken.

Schließlich erreichte er ein Bauernhaus, welches Koljas sein musste. Es war kleiner als die anderen, stand etwas windschief in der Gegend, davor ein alter Traktor, der mit dem Erdboden verwuchs. Eine schwarze Katze schlich um Nick herum und beäugte ihn misstrauisch.

Nick lief zur Eingangstür. Klopfte an. Schaute sich währenddessen um und sah, dass sich neben dem Hauptgebäude eine Scheune befand. Aber ansonsten schien es hier keine Ställe zu geben und auch keine Weidetiere.

Mit einem Knarzen öffnete sich die Tür und Kolja zeigte sich. Zuerst schaute er verwundert, dann nachdenklich und schließlich resigniert.

„Du hättest nicht kommen brauchen", sagte er und lehnte sich in den Türrahmen.

„Ich kann wieder gehen", erwiderte Nick.

„Nein, komm rein", Kolja drehte sich um und lief ins Haus, Nick folgte ihm.

Drinnen war es gemütlicher, als er gedacht hätte. Während seine neue Wohnung eher funktional eingerichtet war mit Bett, Schrank und Tisch, so gab es hier einen weichen, folkloristisch angehauchten Teppich auf dem Boden, Holzschnitzereien an der Wand, gestrickte Figürchen auf den Regalen und individuell angemalte Keramik auf dem Esstisch.

Kolja überraschte Nick, als er an diesem vorbeiging und in die andere Ecke des Raumes lief, um sich auf einem Sofa neben der Feuerstelle niederzulassen, die Beine streckte er aus und platzierte sie auf einem Holzklotz. Das Feuer war klein und prasselte ruhig vor sich hin.

„Abends wird es immer etwas kühl, außerdem erinnert mich das immer an…", Kolja brach ab, wie so oft, als gäbe es den Ort nicht mehr, von dem er erzählen wollte.

Nick setzte sich in direkter Nähe neben Kolja und verschränkte die Beine zu einem Schneidersitz.

„Wie bist du in Mela angekommen, haben sich deine Erwartungen erfüllt?", fragte Kolja, bevor Nick etwas anderes sagen konnte.

„Hmm", Nick kratzte sich am Kopf. „Die Stadt ist erstaunlicherweise ziemlich genauso, wie ich sie mir vorgestellt habe. Ruhiger und gemütlicher als die Metropole, aus der ich komme, provinzieller natürlich, irgendwie irrelevanter, aber im positiven Sinne", Nick lachte, „ich habe eine Überdosis Relevanz in meinem Leben gehabt. Aber andererseits sind die Menschen wirrer, irgendwie schwerer in einer Schublade einzuordnen. Die Leute, die ich in der Stadtverwaltung kennen gelernt habe, aber auch meine Mitarbeiterin Ruby, dann auch Juri und du, alle sind sie… eigenartig, aber nicht auf eine exzentrische Art und Weise, zumindest wie ich die Leute bisher kennen gelernt habe. Oder was denkst du?"

„Ich war bisher nur ein paar Mal auf dem Markt in der Stadt. Aber die Leute hier vor Ort…, sie sind bodenständig, schnörkellos, herzlich. Und die Stadtbewohner, die wollen immer viel reden, es muss ständig etwas analysiert und geklärt werden."

„Wieso dann nach Mela kommen, wenn das so anstrengend ist?"

Kolja seufzte. „Willst du einen Tee?"

„Gerne."

Kolja verschwand in der Küche und kam ein paar Minuten später mit einer Kanne und zwei Tassen wieder.

„Meine Frau hat sich vor einem Jahr von mir getrennt", erklärte er und schenkte ihnen beiden ein. „Die beiden Söhne sind schon erwachsen und haben ihr eigenes Leben. Beruflich wurde mir immer mehr der Maulkorb angelegt. Es war Juris Idee, hierherzukommen und einen Neuanfang zu wagen."

Kolja saß da und starrte in den Dampf seiner Tasse. Wie ein Neuanfang sah das hier für Nick nicht aus. Es musste noch mehr von dieser Geschichte geben. Aber danach würde er jetzt nicht fragen. Er war froh, überhaupt irgendetwas aus Kolja herausbekommen zu haben.

„Aber du bist Gesellschaftswissenschaftler und arbeitest hier in der Landwirtschaft?", hakte Nick nach und nahm einen erste Schluck von der heißen Flüssigkeit. Den Geschmack konnte er nicht wirklich identifizieren, vielleicht Früchtetee, der zehn Jahre alt war?

„Meine Kindheit und Jugend habe ich auf dem Land in Jaku bei meinen Eltern und Großeltern verbracht. Es schien ein ganz guter Anknüpfungspunkt. So kommt alles zusammen, der Anfang und das Ende", Kolja hielt mit beiden Händen seine Tasse fest und bekam diesen Blick, als würde morgen die Welt untergehen.

Sie saßen etwas länger da und starrten beide in das Feuer, bis die Reste eines Holzscheites in die Glut fielen und Kolja aufstand, um einen neuen reinzulegen. Als er sich wieder setzte, hatte Nick das Gefühl, sie würden noch näher zusammensitzen als vorher.

„Was ist mit dir?", Kolja drehte den Kopf und Nick schaute in seine blau-grauen Augen, die nach altem Schnee aussahen und von strähnigem Haar umrahmt wurden, dazu trug er einen kurzen Bart, der seinen schmalen Mund verschleierte.

Um der Frage auszuweichen, legte Nick, ohne groß darüber nachzudenken, seine Hand auf Koljas. Einen Moment war die Welt wie stehen geblieben und dann sprang Kolja auf und Nick wusste, es war ein Fehler gewesen. Es war eine dumme Idee gewesen. Hierher zu kommen, sich kennen zu lernen. Wie immer wurde Nick seine Anhänglichkeit zum Verhältnis.

Die Stimmung war nur noch schwer auszuhalten, die Luft fühlte sich an als ob sie zerbrochen wäre und sie müssten jetzt Scherben atmen. Während Kolja mit dem Rücken zu Nick am Fenster stand und wohl seine Fassung zurück zu gewinnen versuchte, schlich Nick zur Haustür, zog seine klammen Schuhe an und trat hinaus. Draußen war es bereits dunkel. Und es war dunkler, als er gedacht hätte. Nur wenige Lichter kamen von weit entfernten Häusern. Der Weg zur Bahn war natürlich nicht erleuchtet.

„Warte", Kolja kam hinter ihm her. „Kommst du jetzt überhaupt nach Hause?"

„Mach dir keine Sorgen", tat Nick die Bedenken mit einer Geste ab ohne Kolja in die Augen zu schauen, obwohl er keinen Plan hatte, wann die nächste Bahn fuhr. Sie fuhr auf jeden Fall bis Mitternacht, das hatte er vorher eruiert und so spät hatten sie es noch nicht. Hoffentlich.

So oder so, er stapfte in die Dunkelheit und Kälte und war in der Nacht verschwunden.

6

Noch nie hatte er so eine Finsternis gesehen, sie wölbte sich über ihn und drohte ihn zu verschlingen, als er an der einsamen Haltestelle auf seine Bahn wartete. Diverse Sterne waren zu sehen, auch wenn Nick nicht hätte sagen können, um welche es sich handelte. Er war es gewöhnt in der Nacht in dunkle U-Bahn-Tunnel zu starren, nicht in das Universum. Vielleicht waren hier auch Teile der Milchstraße zu sehen. Er drehte sich und musste aufpassen, dass ihm nicht schwindlig wurde. Je länger er in den Himmel starrte, desto unheimlicher wurde es. Ein paar Lichter huschten durch die Schwärze, vielleicht sogar ein Meteoritenregen, er konnte es nicht einordnen. Und dann, dicht gefolgt, flatterten Schatten hinterher. Nick hielt die Luft an. Ein merkwürdiges Schauspiel.

Dann hörte er das Rumpeln der Bahn und war erleichtert, dass alles wieder seine Ordnung hatte.

Am nächsten Tag stürzte er sich in Arbeit, um die enttäuschenden Ereignisse hinter sich zu lassen. Nie wieder würde er sich so blamieren. Hoffte er. In seiner Wut auf sich selbst, räumte er ein paar Regale, in denen die Kleidung am meisten Wurzeln schlug ins Nähzimmer und begann, diese durchzuschauen. Schon auf den ersten Blick kapierte er, was das Problem war. Sie war öde, aus einem langweiligen Paralleluniversum, so dröge wie ein altes Kaugummi unter dem Schülerpult.

Nick legte los und begann nach und nach Ärmel abzutrennen, Kleider zu halbieren, T-Shirts zu zerschneiden und alles neu zusammenzufügen. Interessante Oberflächen und Muster durften bleiben. Jacketts wurden zu

Röcken, Röcke zu Blusen, Blusen zu bauchfreien Oberteilen, bauchfreie Oberteile zur Flickensammlung und die Flickensammlung landete auf Jacketts und so weiter. Daneben entstand ein Haufen von Restmüll, der zu Filz verarbeitet werden konnte und ein Haufen mit Kleidungsstücken, von denen er nicht wusste, ob irgendjemand in Mela etwas damit anfangen konnte. Es war ein Experiment.

„Was ist denn hier los?", Ruby stand auf einmal neben ihm und ließ ihre Tasche mit einem lauten Knall neben ihn fallen.

„Hm?", Nick blickte zu ihr auf.

„Bist du verrückt geworden?", sie hob ein paar neu zusammengesetzte Kleidungsstücke auf und inspizierte sie ausgiebig. Zog sich eine Jacke über und betrachtete sich im Spiegel. Hielt ein Kleid vor sich und drehte sich.

„Bist du…", sagte sie schließlich langsam, „…bist du so eine Art Verkleidungsmagier? Das ist unglaublich. Du hast Talente… Wahnsinn."

Nick grinste vor sich hin, während er weiter an der Overlock versäuberte.

„Wenn die Leute das mitbekommen", Ruby wühlte weiter in dem Haufen und zog ein Teil nach dem anderen hervor, „dann werden sie uns die Bude einrennen. Sie werden alles leerkaufen und dann haben wir nichts mehr. Dann können wir dicht machen. Vielleicht können wir dann endlich diese Halle verlassen. Sie ist so… seelenlos. Eine Verwahranstalt für verlorene Menschenbedeckung. Wir sollten dann einen richtigen Laden in der Innenstadt aufmachen. Mit großen Fenstern", sie machte eine ausladende Handbewegung und tanzte mit einem roten Rock durch den Raum, „und individueller Beratung, nicht wie hier diese Massenabfertigung. Nein, Menschen mit grüner

Seele bekommen grüne Kleidung und Menschen mit Sonne im Herzen gelbe Stücke und Menschen, die zu lange in den Abgrund geblickt haben, wählen schwarz und so weiter, das wird herrlich, endlich geht dann mein Traum in Erfüllung."

Sie landete auf einem Drehstuhl und schaute aus dem Fenster.

„Ruby, du weißt schon, dass Menschen mehr als eine Farbe gleichzeitig tragen können."

„Eine gewagte These. Ich bleibe erstmal bei Rot. Rot mit ein paar Sprenkeln schwarz für die dunklen Flecken auf meiner Seele", sie zeigte auf ihre schwarzen Socken, die sie heute trug.

„Kann ich mir nicht vorstellen", Nick schüttelte den Kopf.

„Und was ist, wenn ich Menschenleben auf dem Gewissen hätte?", sie wandte ihren Blick von ihm ab.

„Oh Ruby", Nick stand auf und ging auf sie zu.

Aber sie wich ihm aus. „Ich kann es kaum erwarten zu sehen, was die Leute zu deinen neuen Kreationen sagen", sie lief durch den Raum.

„Ich wette", Nick blickte abgeklärt zu ihr rüber, „die Leute schauen sich das hier an und denken, was soll das? Du unterschätzt das Bedürfnis der Menschen nach Normalität und Konformität. Nicht jeder will sich permanent selbst verwirklichen."

„Es geht nicht um Selbstverwirklichung", Ruby verengte die Augen und schüttelte den Kopf. „Aber das verstehst du nicht", sie sprang auf, schnappte sich den Haufen neuer Kleidung und lief in die Halle.

Ein paar Minuten später kam Nick ihr hinterher und sah, dass sie die neuen Sachen gleich ganz vorne am

Eingang platziert hatte. Er lächelte. Immerhin hatte er wenigstens ihr eine Freude gemacht.

Dann lief er weiter durch die Reihen der anonymen Kleidung, die die Stadt Mela von anderen Kontinenten gebraucht oder aussortiert günstig ankaufte, um ihre BürgerInnen mit dem Nötigsten zu versorgen. Hier und da zog er sich ein paar Ladenhüter heraus und stapelte sie auf seinem Arm auf.

„Aber eins wundert mich", sagte Ruby plötzlich hinter ihm und er zuckte zusammen.

„Du kannst dich nicht so an mich anschleichen", verkündete er grimmig und warf ihr einen vorwurfsvollen Blick zu.

„Ich frage mich nur, was in dich gefahren ist, dass du auf einmal so viel nähst", dachte Ruby laut nach und lief ihm hinterher. „Ist etwas vorgefallen? Hat dich jemand geärgert?"

Nick grummelte etwas Unverständliches und fuhr mit seiner Suche fort.

„Du kannst mir ruhig erzählen, wenn dich etwas bedrückt", sagte sie nun versöhnlicher.

Nick war gerührt von dem Angebot, aber er wollte jetzt nicht über Kolja reden. Als er mit seiner Sammlung fertig war, kehrte er wieder im Schneiderraum ein und ließ den neuen Haufen auf den Boden fallen.

„Bist du denn überhaupt schon richtig rausgegangen in Mela?", Ruby setzte sich auf den Tisch vor ihm. „Ich sehe dich nur arbeiten. Du musst mal Leute kennen lernen, etwas erleben, es gibt in Mela so viele Angebote."

„Als ob du irgendetwas davon nutzt", er schaute sie abgeklärt an. „Du bist doch auch so ein Stubenhocker."

„Ich gehe raus", rief Ruby empört. „Ich gehe zur Schule und komme hierher zum Beispiel."

Nick hob eine Augenbraue.

„Und… und ich gehe manchmal im Park spazieren. Da gibt es so einen Baum", sie senkte konspirativ ihre Stimme. „Mit einer riesigen Baumkrone. Und abends, wenn die Leute sich in Grüppchen versammeln, dann klettere ich da rein und lausche, worüber sie sich unterhalten."

„Das ist deine Freizeitaktivität?"

„Ich bin an der frischen Luft", sie zählte an ihren Händen ab, „ich mache dabei Sport und ich beteilige mich an zwischenmenschlicher Kommunikation. Auf eine gewisse Art und Weise."

„Oh Ruby", Nick schüttelte den Kopf.

„Du könntest auch etwas unternehmen, zum Beispiel auf ein Konzert gehen."

„Kein Interesse an Musik."

„In der Bibliothek lesen oder einem Buchclub beitreten."

„Hab noch nie gelesen, sorry."

„Vorlesungen an der Universität besuchen."

„Zu anstrengend."

„Kunst machen."

„Das hier ist meine Kunst", er zeigte durch den Raum.

„Sport. Mit deiner Trainingshose und den Kniestrümpfen bist du in einer Fußballmannschaft gut aufgehoben."

Nick lachte bloß.

„Warum trägst du dann diese albernen Socken?"

„Weil meine Waden sonst frieren."

„Wieso nicht lange Hosen?"

„Weil lange Hosen spießig sind Ruby, ich dachte, gerade du würdest das verstehen", rief er etwas lauter.

„Okay, okay", sie machte eine beschwichtigende Geste.

„Und weil es eine Verarbeitungsstrategie ist", murmelte er hinterher.

Ruby stand auf und trat näher. Nahm seine Hand. „Diese hier müssten mal wieder neu gemacht werden", sie zeigte auf seine Nägel und den abgeblätterten Nagellack. „Darf ich das übernehmen?"

„Okay", sagte Nick gerührt und sie ließ seine Hand wieder fallen.

„Vielleicht ist das ein Anfang."

„Anfang von was?", er runzelte die Stirn.

„Anfang von mehr Selbstsorge."

Nick wusste nichts zu erwidern. Und dann klingelte es, weil Kundschaft reinkam und Ruby ging vor.

7

Als er an diesem Abend in seinem Bett lag, starrte er an die Decke und ließ den Tag Revue passieren. Das Nähen hatte Spaß gemacht, aber sonst fühlte er sich leer und ziellos. In seiner kleinen Wohnung, zu der er keine Verbindung aufbauen konnte, war es schwer auszuhalten. Aber nach draußen wollte er auch nicht gehen, er wusste nicht, wohin. So steckte er irgendwie in einer Zwischenwelt.

Schließlich raffte er sich auf, zog seine Schuhe und Jacke an und trat nach draußen. Zuerst lief er ziellos durch seinen Stadtteil und als er Richtung Innenstadt kam, traf er auf einen Typen, der an einer Laterne lehnte und „Mai ist an allem schuld, sie hat ihn nicht beschützt", brüllte.

Da drehte er ab und setzte seinen Kurs auf die Außenbezirke. Er wollte bloß keine Leute treffen. Immer wenn eine Gruppe von Jugendlichen in seiner Nähe waren, ging er ihnen aus dem Weg und hoffte, keine weiteren Menschenansammlungen anzutreffen.

Noch vor ein paar Monaten war er jeden Tag mit so vielen Leuten im engen Kontakt gewesen, dass sein Bedarf immer noch gedeckt war. Was hatte es nicht für stundenlange Rücksprachen, Planungen, Brainstormings und Ablaufbesprechungen gegeben. Immer wieder wurden Präsentationen angepasst, die Richtung seiner Designs diskutiert, Trendfarben ausgelotet und angesagte Stile verkündet. Fast immer lag Nick am Puls der Zeit, aber es war auch schmerzhaft gewesen, seine Visionen zu stutzen und so zu tun, als ob er dabei immer noch authentisch sein könnte. Das alles hätte er irgendwie in andere Bahnen lenken können, sich aus der Chefplaner-Position zurückziehen und anderen die kreative Leitung überlassen. Wenn

31

da nicht die Realisation gewesen wäre, dass er im Prinzip mit keinem von seinen Freunden, Bekannten, Kollegen oder Familienmitgliedern noch eine bedeutungsvolle Beziehung hatte. Am wenigsten noch mit seinen Partnern, was wirklich ein Armutszeugnis war. Und jetzt?

Nick lief durch namenlose Stadtteile, rechts und links zogen die Häuser an ihm vorbei, ohne dass er sie groß registrierte. Die Menschen, denen er begegnete, wirkten fröhlich und ausgelassen, sodass Nick sich noch entfernter vor der Welt fühlte als sonst. Bei ihrer ersten Begegnung hatte er gedacht, dass Kolja sich ähnlich verloren gefühlt hatte, aber da hatte er sich mal wieder getäuscht und an die erstbeste Person gehängt, die ihm über den Weg gelaufen war. Was für eine alberne Aktion.

Er blieb stehen und atmete tief durch. Seine Beine froren. Zum Glück war Frühling, also konnte er seine kurzen Hosen noch lange durchziehen. Als sein Blick in den Himmel glitt, meinte er wieder merkwürdige Bewegungen zu sehen. Umherflitzende Lichtpunkte, fliegende Schatten, die größer waren als die üblichen Fledermäuse, ein Geflüster und Gemurmel. Mela war eine seltsame Stadt.

Früher wäre er vielleicht beeindruckt gewesen von kuriosen Zufällen und unerklärlichen Phänomenen, aber jetzt ging so viel an ihm vorbei. Er war nicht wütend auf die wirtschaftlichen Strukturen, die schlechte Arbeitsbedingungen für so viele Menschen auf der Welt schafften. Er war nicht traurig, weil sein langjähriger Partner ihn beiläufig verlassen hatte. Er hatte keine Angst um seine Zukunft. Wie kam man nur aus diesem Zustand heraus? Ein Spaziergang durch eine mittelmäßige Stadt war anscheinend nicht die richtige Maßnahme, denn außer dass Nicks Füße müde waren, hatte sich nichts geändert.

Als er um die nächste Ecke bog, blieb er stehen. Ein Lichtschein hatte seine Aufmerksamkeit geweckt. Von seiner Position aus konnte er sehen, dass in einem der Hinterhöfe ein Lagerfeuer brannte. Nick trat näher und lief einen kleinen Pfad entlang, um besser beobachten zu können, was da vor sich ging. An einem Baum blieb er stehen und sah ein größeres Feuer an einer gepflasterten Stelle, drum herum waren Holzstämme angeordnet, auf denen sechs Leute saßen. Manche stocherten in dem Feuer, andere unterhielten sich leise oder lehnten aneinander.

„Komm, setz dich zu uns", sagte eine Frau neben ihm und Nick zuckte zusammen. Die Leute sollten mal aufhören, ihn die ganze Zeit so zu erschrecken.

Er musste sie wohl irritiert angeschaut haben, denn sie legte ihre Hand auf seine Schulter und führte ihn zu dem Zusammentreffen. Er setzte sich an die äußere Ecke eines Baumstamms, da er sich wie ein Eindringling für eine vielleicht exklusive Zeremonie fühlte, doch keiner der anderen schaute groß auf und alle machten einfach da weiter, wo sie gerade waren. Die Frau von vorhin ließ sich neben ihm nieder. Nick hielt seine Hände wie reflexhaft nach vorne, um sich zu wärmen und freute sich sofort über den angenehmen Feuerschein.

Erneut schaute er sich in der Runde um. Zwei Frauen flüsterten in einem intensiven Gespräch verwickelt zueinander und schienen alles andere um sich herum vergessen zu haben. Eine ältere Dame strickte selbstvergessen vor sich hin. Die anderen saßen verträumt da und ließen sich von nichts in der Welt stören. Ab und zu stand einer von ihnen auf und legte Holz nach. Ein älterer Mann verließ die Runde, jemand neues mit einer Flasche in der Hand kam dagegen dazu.

„Heute ist einer dieser Tage…", sagte die Frau neben ihm, ihr Blick auf das Feuer gerichtet.

„Hmm", sagte Nick.

„Man wird wie fortgetragen von der Welt, ist kaum verbunden, kaum geerdet…"

„Wie ein Schatten seiner selbst", murmelte Nick, und legte seine Hände vor sich zusammen.

„Alles ist so beliebig, geradezu bedeutungslos, man weiß gar nichts mit sich anzufangen."

„Gibt es deswegen dieses Feuer und alles?", er zeigte um sich herum.

„Es ist einfach so entstanden", die Frau zuckte mit den Schultern. „Ich komme gerne hierher, es erinnert mich an die Glut beim Schmieden. Ich bin übrigens Nina", sie reichte ihm die Hand.

„Nina?", er runzelte die Stirn. „Ich bin Nick."

„Nick aus der Kleidersammlung?"

„Hmm. Ich bin von der Reparatur, erinnerst du dich?"

„Ja, klar. Wir haben telefoniert. Was für ein Zufall. Und nett, dich kennen zu lernen."

„Gleichfalls. Bist du schon länger in Mela?"

Er schüttelte den Kopf.

„Ich auch nicht. Fällt mir immer noch schwer, Anschluss hier zu finden. Ich komme aus Ferra. Metallverarbeitung. Du?"

„Westlicher Kontinent, Hauptstadt, kreative Leitung einer großen Modemarke."

„Sagt mir jetzt nichts, aber ich habe mich auch noch nie für Kleidung interessiert. Haben sie dich rausgeschmissen?"

„Nee. Bin freiwillig gegangen. Habe den ganzen Zirkus nicht mehr ausgehalten", seufzte er.

„Okay. Mein Arbeitsplatz wurde von heute auf morgen an Maana verkauft. Da wollte ich nicht mitziehen. Seitdem bin ich in einer Orientierungsphase."

Nick lachte. Dann wurde er wieder ernst. „Maana ist mal wieder voll am Durchstarten."

„Jepp. Aber die neuesten Nachrichten versprechen einen ordentlichen Dämpfer."

„Was ist passiert? Ich hab die letzten Wochen das Weltgeschehen nicht mitverfolgt."

„Gestern gab es ein großes Datenleak, von einem unbekannten Insider. Da ist vieles ans Licht gekommen, was man schon länger vermutet hatte. Dass da einiges faul ist."

„Wow, das muss ich mal nachlesen."

Es entstand eine längere Pause, während der jeder seinen Gedanken nachhing. Etwas später kam jemand Neues zur Gruppe dazu, stellte sich hinter Nina und legte seine Hände auf ihre Schultern.

„Das ist Kaal", Nina machte sie einander bekannt. „Wir wohnen in diesem Haus", sie zeigte auf einen Häuserblock in unmittelbarer Nähe. „Komm doch mal auf einen Tee vorbei oder wir sehen uns einfach wieder hier beim Lagerfeuer."

„Gute Idee", Nick lächelte.

Nina stand auf, verabschiedete sich und verschwand mit Kaal in der Dunkelheit.

8

„Ich kann nicht glauben, dass du das gar nicht mitbekommen hast", meinte Ruby, als sie die Reste von Nicks altem Nagellack entfernte, während er einen Versuch unternahm, diese Geschichte mit Maana nachzulesen.

Ihm schwirrte der Kopf. Da war die Rede von einer länger vorbereiteten Aktion von einer unbekannten Gruppe, die über Jahre belastendes Material über den Konzern gesammelt hatte und jetzt in die Öffentlichkeit entließ. Es gab Video- und Tonaufnahmen über die Planung von Attentaten auf politische Gegner, die Folter von Verdächtigten, Absprachen über die gezielte Vernichtung von Widerstandsgruppen, den Befehl ein Flugzeug mit Demonstranten aus Mela abzuschießen, Dokumente, die nachwiesen, dass das alles vertuscht werden sollte und vieles andere. Eigentlich gaben sie sich noch nicht einmal viel Mühe, die Gräueltaten unter den Teppich zu kehren. Immer kam nach jeder Aktion eine halbherzige Stellungnahme, dass Maana nichts damit zu tun hatte oder sie schoben es gleich auf konkurrierende Unternehmen, die Maana nur schaden wollten.

Nick fand heraus, dass es tausende von Dokumenten und Nachweisen gab, die gesammelt und auf einer eigenen Plattform zur Verfügung gestellt wurden, die ihren Sitz auf einem andern Kontinent hatte. Dort konnte man die Details nachlesen, wenn man wollte. Nick wollte nicht. Er schüttelte bloß den Kopf und fragte sich, was für ein Ort die Welt nur geworden war. Hoffnungslos zerfressen von fragwürdigen Organisationen, besiedelt von verletzten Menschen, die keine Perspektive mehr hatten, außer einfach nur weiterzumachen wie bisher, durchzogen von dunklen Nebeln und Hiobsbotschaften, die keinen mehr erreichten, da jeder genug davon hatte.

„Nick?", Ruby riss ihn aus seinen Gedanken.

„Ja?", er schaute auf und klappte mit seiner freien Hand den Computer zu.

„Es ist furchtbar, oder?"

„Hmm."

„Als damals die jungen Leute aus Mela bei diesem Flugzeugabsturz gestorben sind, war es…", sie schüttelte bloß den Kopf. „Einer von den Angehörigen, Frederick, er streift seitdem durch die Stadt und klagt mal den mal jenen an, der Schuld am Tod seines Bruders hat. Vielleicht hast du ihn schon einmal gesehen?"

„Das… das kann sein", Nick dachte an den komischen Typen letztens.

„Naja, das ist sehr tragisch. Ich habe auch meine Eltern verloren, aber in einem völlig anderen Zusammenhang."

„Wie…?"

„Ich habe für deine Nägel Mitternachtsblau ausgesucht", unterbrach Ruby ihn und schraubte ein kleines Fläschchen auf.

„Kein Rot?"

„Nein, zu dir passt momentan diese Farbe am besten", sie rollte mit dem Stuhl näher und legte seine Hand flach auf den Tisch neben ihnen. „Jetzt still halten. Es muss perfekt werden."

„Okay."

„Übrigens, die Leute haben mir deine neu genähte Kleidung förmlich aus den Händen gerissen. Selbst in den sozialen Medien wird über nichts anderes geschrieben, ich glaube du musst bald Nachschub produzieren."

„Oh nein", Nick seufzte, „keine Lust. Das alles hatte ich schon", er winkte mit seiner freien Hand ab. „Den Zirkus tue ich mir nicht nochmal an."

Ruby schaute auf. „Das kann nicht dein Ernst sein. Du nähst und entwirfst so geniale Sachen und jetzt willst du es nie wieder tun? Außerdem, es tut dir gut, du brauchst es."

Nick schnaubte. „Was weißt du schon…"

„Wir können dein Talent nicht hier in diesem dunklen Loch versauern lassen, das geht nicht, ausgeschlossen."

„Okay, dann bringe ich dir nähen bei, dann kannst du dich selbst austoben, wenn es dir so wichtig ist."

„Das würdest du tun?", sie hielt inne und schaute ihn mit großen Augen an.

„Natürlich. Du lackierst mir ja auch die Nägel. Sobald diese trocken sind, können wir loslegen."

„Oh, das ist wunderbar, danke!"

„Dann steht deiner manischen Idee, alle in Rot einzukleiden, nichts mehr im Wege."

Ruby grinste.

9

„Bist du derjenige, der diese ausgefallenen Kleider letztens genäht hat?", fragte eine junge Frau, die mit ihrer Freundin in die Kleidersammlung kam. Und da Ruby nicht da war, konnte Nick sich nicht zwischen den Regalen verstecken, sondern musste vorkommen und die Leute abfertigen.

„Nee", sagte Nick spontan. „Kann ich euch bei der Suche helfen? Braucht ihr Sommerkleidung, oder etwas bestimmtes wie Berufsbekleidung?"

„Woher kamen denn diese ausgefallenen Stücke?", bohrt die andere weiter nach.

Nick rollte mit den Augen. „Ein paar fleißige Wichtel haben sie wohl in der Nacht gefertigt", er warf die Hände in die Luft. „Ich glaube, hier spukt es", flüsterte er geheimnisvoll.

Die beiden Frauen lachten.

„Wir wissen, dass du es warst. Kannst du nicht mehr davon herstellen?", sagte die erste. „Wir sind es leid, immer denselben aussortierten Kram zu tragen. Das war echt super, was wir da gesehen haben. Die glücklichen Leute, die die neuen Sachen abgreifen konnten, sind schon stadtbekannt. Also…"

„Okay", Nick gab sich geschlagen. „Aber so schnell geht es nicht. Es gibt noch sehr viel zu tun…"

„Gibt es etwas Neues?", kam ein junger Mann zur Eingangstür reingestürmt und unterbrach Nick.

„Das kann nicht wahr sein", Nick schüttelte den Kopf. Ruby hatte Recht gehabt, die Leute waren irre geworden.

Als er alle, die sowieso nichts Neues brauchten, aus der Tür bugsiert hatte, lief er zurück ins Nähzimmer und wollte die Überreste des Schneiderunterrichts mit Ruby beseitigen. Sie hatte sich ganz gut angestellt. Eigentlich brauchte sie keinen Anleiter, mit den Grundlagen des Nähens war sie sowieso schon vertraut. Sie brauchte höchstens jemanden, der sie ermutigte und anfeuerte und nach Fehlschlägen wieder aufrichtete. Dann setzten sie sich zusammen in die Ecke und trennten auf, bis ihre Fingerspitzen ganz taub waren. Das hatte er schon lange nicht mehr gemacht und es war auch eine langweilige und nervige Beschäftigung. Aber zusammen ging die Zeit schneller rum.

Als er die Stoffreste zusammenkehrte, klingelte sein Telefon. Und das passierte nicht häufig. Er holte es aus seiner Jackentasche am Garderobenhaken und sah, dass es Juri war.

„Hallo?", Nick nahm ab.

„Nick, ich bin gerade bei Kolja", Juri sprach leise und konspirativ. „Es geht ihm nicht gut. Kannst du vielleicht vorbeikommen?"

„Juri, ich glaube nicht, dass er mich sehen will", Nick verzog das Gesicht.

„Okay, aber kannst du vielleicht trotzdem kommen? Es ist… ich kann es nicht gut erklären, vielleicht, wenn du vor Ort bist?"

Nick seufzte. „Ich kann hier nicht ständig alles stehen und liegen lassen und irgendwo hin fahren…"

„Das regle ich. Ich spreche mit Marc und Kora, denn es geht hier um etwas, das nicht aufgeschoben werden kann und dann müssen die Leute halt für ein paar Tage die Schließung der Kleidersammlung in Kauf nehmen."

„Warum ich? Es gibt bestimmt viele andere, die du fragen könntest."

„Außer mir und dir kennt Kolja hier niemanden und… es ist kompliziert. Wie schnell kannst du hier sein?"

„Okay", Nick atmete aus. Er hatte wohl keine andere Wahl. „Ich bin auf dem Weg."

10

Als er um die Mittagszeit bei Koljas Haus ankam, war alles so wie immer. Nichts wies auf eine bahnbrechende Veränderung hin. Nick verlangsamte seinen Schritt und wurde immer angespannter, je näher er zur Eingangstür kam. Schließlich blieb er davor stehen. Sein Herzschlag beschleunigte sich und er fing an, auf seiner Unterlippe zu kauen. Da kam von rechts Juri um das Haus geschlichen, nickte ihm zur Begrüßung zu und deutete Nick, ihm zu folgen. Sie liefen zusammen Juris Weg zurück und landeten in der Scheune nebendran.

„Er hat sich gerade schlafen gelegt", berichtete Juri hektisch und knetete seine Hände. „Denke ich zumindest. Um es kurz zu fassen: er hat sich versucht das Leben zu nehmen. Wir müssen ihn rund um die Uhr überwachen, damit er es nicht nochmal versucht. Er weigert sich, Hilfe anzunehmen. Sagt, seine Situation sei ausweglos. Die Notfallseelsorge von Neev und Theo wollte er nicht hier haben. Mich hat er auch schon ein paar Mal rausgeschmissen, aber wir kennen uns gut genug, dass ich mich weigern kann. Vielleicht funktioniert das bei dir auch? Es wäre ein Versuch wert. Denn ich war jetzt eine Woche hier und muss dringend nach Hause, sonst drehe ich selbst durch. Andererseits, wenn ich noch einen Freund verliere…", er legte eine Hand über die Augen und schüttelte den Kopf.

Nick schwirrte der Kopf. Er öffnete den Mund, um etwas zu sagen, bekam aber nichts heraus. Warum… wie… wann… Schließlich ging er zu Juri, legte ihm die Hand auf die Schulter. Juri schaute zu ihm auf. Seine Gesichtshaut war grau, seine Augen eingefallen und hatten etwas flüchtiges an sich.

„Hast du jemanden zu Hause, der für dich da ist?", fragte Nick.

Juri nickte.

„Gut. Dann fahre direkt dort hin. Ich halte dich jeden Tag auf dem Laufenden. Und sag bei der Arbeit Bescheid, damit meine Abwesenheit klar geht. Okay?"

Juri nickte schwach.

„Es wird sicher alles wieder in Ordnung kommen", sagte Nick, als sie sich zum Abschied umarmten. Weil man das anscheinend so sagte. Nicht, weil Nick wirklich daran glaubte.

Nachdem Juri gegangen war, ließ Nick sich in das Haus und setzte sich vor den Kamin. Dann merkte er, dass er das nicht wirklich aushielt und stand wieder auf, um die Küche in Ordnung zu bringen. Gerade als er die Spülmaschine ausgeräumt hatte, hörte er Schritte hinter sich und drehte sich um. Barfuß und mit zerwühlten Haaren stand Kolja vor ihm und musterte ihn kritisch. Dann lief er an ihm vorbei, holte sich aus dem Küchenschrank ein Glas und füllte es mit Leitungswasser auf. Lehnte sich neben Nick gegen die Küchenzeile und nahm ein paar Schlucke.

„Ich hab Juri gesagt, dass ich keinen Babysitter brauche", grummelte er und stellte das Glas wieder ab, drehte sich um und schaute durch das Küchenfenster hinter der Spüle. „Er belastet sich sowieso zu sehr mit dem Schicksal anderer Leute, kein Wunder, dass er fast kaputt daran geht. Außerdem…", er schweifte ab, brachte den Satz nicht zu Ende.

Nick wusste nicht, was er machen sollte. Gespräche würden jetzt sicher nicht viel bringen, also machte er sich nützlich. Lief in Koljas Schlafzimmer, riss die Vorhänge und Fenster auf, weil es dort nach altem Hund roch, schüttelte das Bettzeug auf, räumte die alte Wäsche zusammen, suchte im Badezimmer nach einem Wäschekorb und warf die Waschmaschine an. Sammelte auf dem Weg Papierschnipsel und benutzte Teller auf und hängte frische Handtücher auf.

Kolja beobachtete ihn von der Küche aus mit verschränkten Armen und sagte gar nichts. Nick dachte an seine Mutter, die immer wieder in solche Phasen geraten war, bis sie mit Mitte Fünfzig an Krebs gestorben war. Damals hatte er sich hilflos und auch wütend gefühlt, aber jetzt war er weit weg davon. Wenn überhaupt irgendwas, dann fühlte er sich gleichgültig.

Er ging wieder zurück zur Küchenzeile, füllte den Wasserkessel auf, stellte ihn auf den Herd und suchte nach Tee.

In einem der Schränke fand er eine einsame alte Teepackung, als er sie öffnete waren da zwei Teebeutel drin.

„Mit diesem lahmen Früchtetee willst du dich aus dem Leben verabschieden?", Nick schüttelte den Kopf und holte den vorletzten Beutel heraus. „Das ist keine Art. Wächst im Garten wenigstens Minze, Melisse oder Brennnessel? Ich bin kein Experte mit Kräutern, aber ich will jetzt auch nicht extra in die Stadt zurückfahren, um welchen zu kaufen. Für die Zukunft: Ein ordentlicher Haushalt braucht mindestens drei Sorten Tee", während Nick auf das Kochen des Wassers wartete, zählte er mit den Fingern auf. „Erstens, schwarzen Tee für die robusten Leute und für die müden Tage, für die Durchhalteparolen, für die Tage, an denen Kinder geboren und andere beerdigt werden. Zweitens, Kräutertee für die nachdenklichen Stunden, für die Sinnfragen, für zu fettiges Essen, für schlaflose Nächte und nebligen Tage. Drittens, Früchtetee für Kinder und lustige Gesellen, für Sommertage und Kuchen, für gute Laune und Aufbruchstimmung. Also, welchen Tee müssten wir heute trinken?", Nick fixierte Kolja.

Dieser legte seinen Kopf schief, als würde er nicht schlau aus Nick werden. Dann sagte er: „Ich gehe raus auf die Suche." Und weg war er.

Nick fragte sich, ob Kolja Teeblätter suchte oder seine Aussage ein Euphemismus für etwas anderes war und er ihm folgen musste.

Als das Wasser kochte, kam Kolja mit ein paar Minzblättern zurück und Nick bereitete ihnen ein entsprechendes Gebräu zu. Sie standen immer noch an der Küchenzeile, Kolja neben dem Herd und Nick an dem Esstisch gegenüber.

„Als ich dich im Zug gesehen habe", setzte Nick an, „da habe ich gedacht, dass du denselben Blick hättest wie ich: verloren, müde, hoffnungslos. Ich bin nach Mela gekommen, weil ich nichts mehr hatte, keinen Job, keinen Partner, keine Familie. Und ich hatte mir gesagt, dass ich hier einen Neuanfang versuchen würde. Wenn es nicht klappte, dann konnte ich immer noch von der Erdoberfläche verschwinden."

„Und, wie läuft es so?", fragte Kolja.

„Mal so, mal so", Nick wiegte den Kopf hin und her und zog das Sieb aus der Kanne, um den Tee in zwei Tassen einzuschenken. „Bisher unentschieden, würde ich sagen."

„Ich habe mich entschieden, schon lange. Deswegen wollte ich keinen Kontakt zu dir. Zu niemanden, um genau zu sein."

„Oh?"

„Du wirst es nicht verstehen können, aber mein Schicksal ist besiegelt. Entweder durch meine eigene Hand oder jemand anderes."

„Wer ist hinter dir her?", Nick pustete auf die heiße Flüssigkeit vor sich.

Kolja drehte sich um und reckte seinen Kopf zum Küchenfenster. „Sie könnten jeden Moment hier sein", er sprach mehr zu sich selbst. „Und dann droht mir Folter oder Schlimmeres. Juri versteht das nicht. Obwohl er einmal fast in derselben Situation war. Er hat alles vergessen. Es wäre würdevoller, wenn ich selber entscheiden könnte, wann und wie ich…", er schweifte wieder irgendwohin ab, wo Nick ihm nicht folgen konnte.

Nick schüttelte den Kopf, trank seinen Tee und machte sich daran, Wäsche aufzuhängen und die Lage im Kühlschrank zu sondieren. Juri hatte ihn anscheinend mit den wichtigsten Lebensmitteln aufgefüllt. Zwischendurch checkte er ein paar Nachrichten und las sinnlose Informationen aus aller Welt.

Gegen Abend war Kolja naturgemäß nicht zum Essen erschienen, sondern hatte sich länger in seinem Zimmer verzogen. Nick ging davon aus, dass er sich dort nicht ein Ende setzte, jedenfalls konnte er auch nicht alle fünf Minuten klopfen und nach ihm schauen.

Nachdem er Nudeln mit Zucchini gegessen hatte, machte Nick sich auf dem Sofa lang und schloss die Augen.

Er schreckte erst wieder hoch, als er ein Knarzen hörte, das von einer Tür kommen musste. Nick richtete sich auf und musste sich erstmal orientieren. Er war nicht in seiner Heimatstadt, nicht in seiner Wohnung in Mela, sondern bei Kolja. Kurz sackte er in sich zusammen und atmete lange aus. Dann massierte er seine Schläfen, um wach zu werden.

Da er immer noch seine kurzen Hosen anhatte und es kühl geworden war, legte er sich die Bettdecke über die Schultern und stand auf. Warf zuerst einen Blick in Koljas Schlafzimmer. Das Bett war zerwühlt, niemand da. Nick gähnte und checkte als nächstes das Bad. Menschenleer. Nick benutzte die Toilette und tapste weiter in der Dunkelheit herum. Eingangstür war zu. Schweren Herzens öffnete er sie, kalte Luft schlug ihm entgegen. Von irgendwoher hörte er weitere vage Geräusche. Ein ungutes Gefühl beschlich ihn, so als würde sich gleich eine kalte Hand in seinen Nacken legen.

Nick zog die Decke noch fester um sich und steuerte die ungenutzte Scheune an. Bevor er die Tür aufstieß, lugte er durch die Lücken der Holzbretter, konnte aber in der Dunkelheit nichts erkennen. Mit einem Knarzen schließlich ließ er sich herein und spürte, wie sich jemand darin bewegte. Ein Schauer lief über seinen Rücken, da er nichts sehen konnte. Landleben war noch nie sein Ding gewesen. Hier gab es zu wenig Licht, zu wenige Menschen, zu viele Tiere und merkwürde Gestalten lauerten in uneinsehbaren Ecken.

„Kolja?", rief Nick leise.

„Was suchst du hier?", Kolja schien aufzustehen.

Nick lief mehr oder weniger blind in eine Richtung, bis er gegen Koljas Brustkorb stieß. Etwas fiel zwischen ihnen auf den Boden und sie beide beugten sich gleichzeitig, um es aufzuheben. Da Nick kleiner war und den kürzeren Weg hatte, war er schneller und schnappte sich das Seil. Kolja zog sofort am anderen Ende und sie taumelten beide durch das Gebäude, Nick voller Angst, dass er gegen eine Heugabel lief oder sowas.

„Hör sofort auf damit", rief er schließlich außer sich vor Wut und zog heftig an dem Seil. Seine warme Decke hatte er leider schon verloren. Kolja ließ los. Nick stolperte, fiel nach hinten und stieß seinen Kopf an etwas Metallenem. Vor Wut und Schmerz schrie er auf.

„Was machst du hier auch?", Kolja war bei ihm, aber Nick stieß ihn weg, sodass er wohl auf den Boden gefallen war. Rieb sich die Beule auf seinem Hinterkopf.

„Du solltest nach Hause fahren", sagte Kolja atemlos.

Nick verdrehte die Augen. Kolja war sehr stur.

„Komm", Nick rappelte sich auf die Beine auf, tastete nach Kolja und zog ihn hoch.

Sie verließen zusammen den Stall, Nick führte ihn zurück ins Schlafzimmer und deutete ihm, sich ins Bett zu legen. Dann legte er sich dazu und umarmte ihn. Kurz hielt er inne, um sich auf eine Abfuhr vorzubereiten, aber es kam nichts.

Nick spürte, wie Koljas Herz raste. Auch Nick war noch von Adrenalin durchflutet. Sein Schädel pochte. Und ihm war kalt.

„Ist es wegen deiner Frau, weil sie dich verlassen hat?", murmelte Nick in Koljas Nacken.

„Wir haben uns schon lange auseinandergelebt", seufzte Kolja. „Deswegen würde ich nicht… Und meine beiden Söhne, wir haben leider keinen guten Kontakt zueinander, vor allem nicht, seit sie ausgezogen sind. Sie sind extrem regimetreu und das stand immer zwischen uns."

„Was hat das eine mit dem anderen zu tun? Ich habe die politischen Entwicklungen auf Jaku nicht wirklich mitverfolgt."

Kolja drehte sich zu ihm um und schien ihn anzustarren, Nick konnte das in der Dunkelheit nur erahnen.

„Maana, der böse Konzern, den kennst du?", fragte Kolja halb belustigt.

„Das schon…"

„Ich arbeite schon seit Jahren gegen ihn. Stehe auf der Abschussliste. Und bevor sie kommen, um mich erbärmlich abzuservieren, mache ich es lieber selbst."

„Ich dachte, du wärst Gesellschaftswissenschaftler."

Kolja lachte und Nick spürte, wie sein Körper bebte. Immerhin hatte er ihn zum Lachen gebracht. Ein erster Teilerfolg.

„Ja, das war ich auch. War seit meinem Studium an der Uni angestellt und habe politische Philosophie lehrt. War deswegen mit Juri immer sehr verbunden. Immer noch, natürlich. Aber egal, wie man es anstellt, man kann die Verlogenheit von Maana nicht übersehen. Und irgendwo musste die daraus entstehende überschüssige Energie ja hin. Ich habe angefangen, mich mit anderen zusammen zu tun, denen es auch so ging wie mir. Wir haben uns über die Jahre technische Fähigkeiten angeeignet, um sensible Daten an die Öffentlichkeit zu bringen…"

Nick konnte dazu nichts sagen. Er fühlte sich so dumm. Sein Mund wurde ganz trocken. Da hatte er gedacht, dass Kolja sein Leben einfach so wegwerfen wollte, dabei hatte er guten Grund zu glauben, dass Maanas Schergen hinter ihm her waren.

„Können sie zurückverfolgen, wer es war, können sie dich ausfindig machen?", flüsterte Nick.

„Das kann ich nicht abschließend sagen. Aber ich kann ja nicht hier sitzen und warten, bis sie durch die Tür stürmen, ich werde mich auch nicht für den Rest meines Lebens verstecken. Und nach Abschluss dieses ganzen Projektes gibt es für mich sowieso keine Perspektive mehr. Ich habe das Gefühl, ich bin fertig. Der Kampf ist zu Ende. Es ist fast schon ein friedvolles Gefühl. Ich habe gearbeitet, habe Kinder großgezogen, war verheiratet, habe mich für die gute Sache eingesetzt und nun gibt es nichts mehr, was ich angehen möchte, außer mich würdevoll zu verabschieden."

Nick wurde es noch kühler als zuvor. Er beugte sich zum Bettende und zog eine Decke hervor, breitete diese über sie beide aus. Das war besser.

11

Als die Sonne am nächsten Morgen aufging, waren sie beide immer noch wach, sprachen aber nicht viel miteinander. Erst als immer mehr Helligkeit in den Raum strömte, überkam Nick paradoxerweise eine bleierne Müdigkeit und seine Augen fielen zu.

Sie schliefen beide bis zum Nachmittag, standen dann auf und Nick kochte einen schwarzen Tee. Diesen tranken sie zusammen auf dem Sofa. Danach suchte Nick ihnen beiden frische Klamotten heraus, zog sich selbst viel zu lange Hosen an, die er hochkrempeln musste und warf Kolja Kleidung zu.

Für das Abendessen bereitete er schließlich eine Gemüsepfanne vor, die gemächlich vor sich hin brutzelte. Als er auf die Kartoffeln, Auberginen, Karotten und Zucchinis starrte, erwischte er sich zum zehnten Mal an diesem Tag dabei, wie er nach dem einen Argument suchte, um Kolja davon zu überzeugen, seine Pläne zu ändern. Aber so funktionierte das nicht. Es brauchte keinen genialen Einfall, keinen Aha-Moment, keine dramatische Wendung. Wenn man da war, wo Kolja steckte, dann musste man so lange es brauchte durch einen Gang graben, der nie ein Ende zu nehmen schien und sich seine Hände dabei aufreißen, bis man irgendwo anders angekommen war. Nicht am Ende des Tunnels, nicht auf der anderen Seite der Welt, nicht in einem besseren Paralleluniversum, wo immer die Sonne schien. Sondern an einem Ort, den Kolja sich jetzt noch nicht vorstellen konnte, dessen Definition noch nicht vorlag. Und diese Ungewissheit ließ Nick keine Ruhe.

Als das Essen fertig war und Nick zwei Teller und die Pfanne auf den Tisch gestellt hatte, klopfte es an der Tür. Draußen war es bereits dunkel geworden und Nick befiel ein ungutes Gefühl. Andererseits, würden Auftragskiller anklopfen? Juri dagegen hätte sich garantiert vorher per Nachricht gemeldet. Waren das Nachbarn, die anderen Bauern? Nick warf Kolja, der gerade aus dem Bad gekommen war, einen entsprechenden Blick zu und übermittelte ihm telepathisch die Frage, ob sie beide jetzt die Flucht aus dem Fenster ergreifen mussten.

Kolja sah blass aus, ging aber zur Tür und öffnete diese. Nick stand etwas weiter hinten und war überrascht, dass es außer der Schwärze nichts zu sehen gab. Vorsichtig ging er ein paar Schritte vor und stand nun neben Kolja. Sie starrten nun beide auf das dunkle Portal vor ihnen und allmählich begann sich etwas darin zu bewegen. Konturen wurden sichtbar. Ein Schatten trat heraus. Nick griff instinktiv nach Koljas Oberarm und krallte sich daran fest.

Eine Frau mit langen dunklen Haaren und einem ebenso düsterem Gewand, dessen Saum bis auf den Boden reichte, trat vor die Türschwelle und Nick war sich im ersten Moment sicher, dass es der Tod war, um Kolja zu holen.

Ihr Blick war ernst, ihre Hände vor sich gefaltet, die Lippen zu einer dünnen Linie gepresst und der Kopf mit einer losen Kapuze bedeckt. Nein, dachte Nick, das war ein Schicksalsengel. Oder eine Verkäuferin für schwarze Regenjacken.

„Guten Abend die Herren", sagte sie mit einer eisigen Stimme. „Ich bin Mai. Darf ich kurz hereinkommen?"

Kolja und Nick traten zur Seite, damit sie durchgehen konnte. Es war eine merkwürdige Stimmung und Nick fiel nichts Besseres ein als zu fragen: „Möchtest du etwas von der Gemüsepfanne essen?"

Mai warf einen kurzen Blick auf den gedeckten Esstisch und Nick war sich sicher, dass sie so etwas sagen würde wie „das hier ist unter meinem Niveau, Sterblicher, wie kannst du es wagen, mir sowas anzubieten?"

Stattdessen rümpfte sie kurz die Nase und erwiderte: „Sicher, warum nicht."

Nick lief gleich los und stolperte dabei fast über seine zu lange Hose, um aus dem Schlafzimmer einen weiteren Stuhl zu holen, den er Mai so hinschob, dass sie sich gleich setzten konnte. Es war wie bei einem königlichen Empfang. So konnte sie Kolja doch nicht den Kopf abreißen, oder? Dann machte Nick sich gleich daran, das Essen zu verteilen.

„Ich werde niemanden den Kopf abreißen", durchschnitt Mais Stimme die Luft zwischen ihnen und Nick verschluckte sich an dem ersten Bissen. „Ich bin die Beschützerin der Menschen in Mela und bin in rein unterstützender Mission unterwegs. Meistens jedenfalls. Das gilt nicht für Leute, die mich ärgern", den letzten Satz schob sie schnell hinterher.

„Wie meinen?", würgte Nick hervor, er konnte kaum glauben, was er da gehört hatte.

„Bist du so eine Art Waldgeist? In meiner Heimat glauben die Leute an sowas", fragte Kolja.

„Seh ich so aus?", Mia schaute ihn abgeklärt an. „Mit Wäldern kann ich nichts anfangen, dieses Ländliche hier", sie zeigte auf die Umgebung, „ist mir schon zu viel. Wie haltet ihr das aus? Nein, ich komme ursprünglich aus

Neu!, war im Recycling tätig. Habe mir dann durch eine Verkettung seltsamer Zufälle einen neuen Aufgabenbereich gesucht. Seitdem bin ich eher so eine Art Schutzpatronin in Mela."

„Kannst du Gedanken lesen?", fragte Nick ehrfürchtig.

„Hab ich mir so angeeignet", winkte sie beiläufig ab, „kam halt mit der Jobbeschreibung."

Nick starrte geschockt auf seinen Teller. Die beiden anderen aßen als wäre sonst nichts, aber er bekam jetzt nichts mehr runter.

„Du bist aber nicht in der Nacht da draußen herumgeflattert?", fragte er schließlich.

„Ich bitte dich", sie hob eine Augenbraue, „ich *flattere* nicht, es ist ein anmutiges Fliegen. Es kann doch niemand von mir verlangen, dass ich diese Bahn nehme, oder? Vor allem, weil ich meistens nachts unterwegs bin. Aber genug von mir, ich bin wegen Kolja hier."

Nick fragte sich kurz, ob er zu viel vom falschen Kräutertee getrunken hatte oder noch im Bett lag und schlief, schüttelte dann den Kopf und holte sich ein Glas Leitungswasser.

„Ich habe ein paar Kräfte, Kolja, aber ich kann nicht alles beliebig ändern wie es gerade passt", erklärte sie ihm zugewandt. „Ich habe gespürt, dass du in Not bist und habe sogar schon ein paar Mal nach dir geschaut, um zu eruieren, ob du es aus eigener Kraft schafft. Aber nach letzter Nacht… Naja, wie gesagt, kann ich dein Schicksal nicht um hundertachtzig Grad drehen, aber…", sie fixierte ihn mit ihren Obsidian-Augen.

Kolja schluckte sichtlich und atmete tief ein, seine Augen weiteten sich. „Meine Großmutter hat mir von Wesen wie dir erzählt, sie kommen aus dem Dunkel der Nacht, können Fluch oder Segen sein, sind meistens selbst gebeutelte Gestalten, die auserwählt wurden, Dinge zu sehen, die den Normalsterblichen verborgen bleiben…", dann fuhr er auf Jaku fort, das konnte Nick aber nicht verstehen.

Mai antwortete auf Jaku und sie schienen sich intensiv zu unterhalten. Schließlich fiel Koljas Blick auf Nick zurück und er wechselte wieder in Weltsprache.

„… es gibt nichts, was ich ändern möchte. Meine Entscheidung ist schon lange gefallen."

„Wie würdest du leben, wenn du wüsstest, dass Maana dich nie verdächtigen wird, dass du dich nie rechtfertigen musst?"

„Das kann mir keiner garantieren. Jederzeit kann meine Beteiligung herauskommen, jetzt oder in zehn Jahren. Darauf werde ich nicht warten."

„Hör doch zu", rief Mai ungeduldig. „Was wäre, *falls* ich es dir garantieren könnte?"

Kolja atmete tief ein und aus. Nick sah, wie sein Blick herumsprang und er seine Hände nervös aneinanderrieb. Er fuhr sich durch die Haare, kratzte sich an der Nase, kniff die Augen zusammen und riss sie wieder auf.

„Ich… es ist schwer, sich das vorzustellen. Ich habe das Gefühl, ich müsste mich bei dieser Vorstellung erbrechen, als würde das gegen alles gehen, was ich die letzten zehn Jahre geplant, antizipiert habe", er schlang die Arme um sich und beugte sich nach vorne.

Hoffentlich wurde ihm wegen der Gemüsepfanne nicht schlecht, überlegte Nick, er war noch nie ein guter Koch gewesen.

„Aber schaffst du es, es dir vorzustellen, daran zu glauben?", bohrte Mai nach.

Kolja nickte gequält, während sich Schweiß auf seiner Stirn sammelte.

„Dann soll es so geschehen", Mai sprang auf, schwang ihren Arm, dem nur noch ein Zauberstab fehlte, wirbelte herum und war in Nullkommanichts an der Tür. „Und danke für das Essen", rief sie hinterher und schlug die Tür hinter sich zu.

Nick schaute zum Eingang, als ob er sich noch einmal bewegen würde, aber nichts geschah. Dann glitt sein Blick zu Kolja, der nach vorne gekrümmt dasaß und vor sich hin schluchzte.

12

„Kannst du dir vorstellen, dass das so passiert ist?", flüsterte Nick, als er am nächsten Tag in der Scheune saß und mit Juri telefonierte.

„Kling schon bisschen komisch, aber in den letzten Jahren sind in Mela viele merkwürdige Dinge passieren. Wenn ich dir erzählen würde, was ich schon alles mit meinen eigenen Augen gesehen habe… Wie geht denn Kolja damit um?"

„Das ist es ja…", Nick lehnte sich zurück in das weiche Stroh und starrte an die Holzdecke, „ich habe das Gefühl, etwas in ihm hat sich verändert. Ich weiß nicht was, er spricht mit mir nicht darüber. Aber er wirkt nicht mehr ganz so entschlossen, seinen Plan durchzuziehen. Wenn ich mir überlege, dass wir die Nacht davor noch um das Seil gestritten haben…"

„Oh nein, dieses verdammte Seil. Es ist irgendwie so ein Überbleibsel aus Jaku, wenn, dann muss es der Strick sein", Juri machte ein wütendes Geräusch, „tolle Problemlösungsstrategie. Ich weiß nicht, ob er der Meinung ist, nur so seine Selbstachtung wahren zu können, es ist irgendwas Archaisches. Dabei müsste gerade er es besser wissen, diese sogenannten Werte haben schon ganze Familien und Existenzen zerstört, im wahrsten Sinne des Wortes. Und dennoch kann er anscheinend nicht anders. Aber vielleicht konnte diese quasi-mythische Gestalt die Mauern durchbrechen, ich weiß es nicht."

„Gab es außer uns hier noch jemand anderes, der Kontakt zu ihr hatte, der etwas ähnliches erlebt hat?"

„Ich versuche mich aus diesem Bereich normalerweise herauszuhalten, aber Misha, meine Schwiegertochter, die vor ein paar Jahren ebenfalls aus Jaku nach Mela gekommen ist, ist da ganz tief drin. Ich frage sie das nächste Mal nach dieser Mai."

„Danke. Es würde mir helfen die Ereignisse besser einzuordnen."

Sie verabschiedeten sich und Nick lag noch lange im Stroh und starrte gedankenverloren an die Decke.

13

„Ich habe überlegt heute wieder arbeiten zu gehen", sagte Kolja, während sie von seinem Bett aus zusammen in die Morgensonne blinzelten. „Einfach mal schauen, was auf den Höfen so los ist, ob jemand Hilfe braucht. Welchen Wochentag haben wir überhaupt?"

„Donnerstag", gähnte Nick.

„Hmm, übermorgen ist Markt, vielleicht kann ich bei den Vorbereitungen helfen. Aber auf den Markt selbst… nein, da sind zu viele Leute… Hast du in den letzten Tagen die Nachrichten gelesen?", fragte Kolja und drehte sich zu Nick, sodass sie sich anschauen konnten.

„Nein."

„Vielleicht gibt es neue Enthüllungen, vielleicht hat Maana eine Spur aufgenommen, vielleicht sind schon die anderen Leute, mit denen ich zusammengearbeitet habe… eliminiert."

„Ich versuche die Nachrichten möglichst zu vermeiden, aus verschiedenen Gründen."

„Wegen deiner Vergangenheit."

„Jepp."

„Wieso, was ist da?", Kolja nahm Nicks Hand.

Nick wälzte ein paar Formulierungen in seinem Kopf hin und her. Er wollte sich nicht mit Koljas schrecklichem Schicksal messen, er wollte nichts verharmlosen, er wollte sich nicht über sich selbst lustig machen, er wollte nicht kryptisch sein.

„Ich war sehr viel im Rampenlicht", Nick stützte sich auf einen Ellenbogen auf. „Mit meinen Designs. Es wurde immer viel über die neue Kollektion berichtete und so weiter", er verdrehte die Augen, „und wer sie wann getragen hat. Irgendwann", er setzte sich nun ganz auf in den Schneidersitz, „hatte ich das Gefühl nur noch dazu einen Bezug zu haben und nicht mehr zu den Menschen oder Farben oder Stoffen. Es ist ein Luxusproblem", Nick seufzte, „ich war in keiner Notsituation. Aber irgendwann verengte sich mein Sichtfeld so sehr", er formte mit seinen Händen einen Tunnel vor seinen Augen, „dass ich keinen anderen Ausweg mehr sah, als alles aufzugeben. Ich habe alles verkauft und ein paar wichtige Sachen eingelagert und bin hierhergekommen. Wenn ich hier in dieselben Logiken gerate, dann…"

„Nick, du…", setzte Kolja an und lehnte sich zu ihm rüber.

„Wir sollten aufstehen und jemanden finden, der für uns die Nachrichten liest, damit wir nicht getriggert werden", Nick sprang auf und verließ das Zimmer.

Den Rest des Tages lief Nick zwischen den Feldern, Gewächshäusern und Bauernhöfen herum und beobachtete, wie Kolja und die anderen Unkraut rupften, Ställe säuberten, Strohballen aufschichteten, Schubkarren hin und her schoben und Zäune reparierten. Ab und zu brachte Nick sich ein und sammelte ein paar Eier ein, streichelte die Hunde und Katzen, die überall herumstreunten oder stopfte geschorene Wolle in Leinensäcke.

Kolja schien gut zu den anderen Versorgern zu passen, denn sie alle waren kräftig gebaut, wortkarg, anpackend und hochkonzentriert. Solange niemand kam und Kolja abführte oder abknallte, würde er sicher sehr glücklich hier werden.

„Frederick, der verrückt gewordene", erzählte Ruth gerade, als sie, Nick, Kolja und ein paar andere an einem

Zaun standen und extrem saure Äpfel aßen, „ist nach den Enthüllungen über Maana wohl komplett durchgedreht und wurde von Mai mit einem Fluch belegt, damit er endlich Ruhe gibt."

„Was?", rief Nick und verschluckte sich fast an einem Apfelstück.

„Die jungen Leute hier haben gar keine Ahnung", verdrehte Beata die Augen.

„Du bist doch erst Anfang zwanzig", empörte sich Nick.

„Ja, aber im Kopf bist du wie dieses junge Lamm da", Beata zeigte auf die Weide und alle lachten. Nick schüttelte den Kopf.

„Woher kennt ihr Mai?", versuchte er an das Gespräch wieder anzuknüpfen.

„Sie wohnt in Mela, du Schnellmerker", sagte Karl und kaute dabei auf einem Grashalm herum. Wieder lachten alle. Nick griff sich an die Nasenwurzel.

„Sie ist sehr merkwürdig", fuhr Nick fort.

„Natürlich, was hast du gedacht?", fragte Karl und klopfte Nick auf die Schulter, während die Gruppe sich wieder auflöste. „Du musst noch viel lernen, junger Melaner", und ging davon.

„Wir können niemanden von denen fragen, was es Neues in den Nachrichten gibt", eruierte Nick später auf dem Rückweg mit Kolja.

„Juri würde einem wahrscheinlich nicht die ganze Wahrheit sagen", warf Kolja ein.

„Ich werde Ruby damit nicht belästigen, sie ist auch noch zu jung für solch brutalen Informationen. Aber ich könnte vielleicht Nina fragen, ich habe sie bei einem

Lagerfeuer kennen gelernt. Was denkst du, wenn ich für ein paar Tage zurück nach Mela fahre und mich um ein paar Sachen kümmere?"

„Ich hab von Anfang an gesagt, dass du nicht hier bleiben musst."

„Oh."

„Das war nicht so gemeint", Kolja warf ihm einen zerknirschten Blick zu. „Ich bin nicht gut in solchen Sachen", murmelte er, während sie am Haus ankamen und er seine dreckbeschichteten Stiefel abzog.

„In welchen Sachen?", Nick schlüpfte aus den geliehenen Galoschen.

„Du weißt schon…", Kolja lief vor ins Haus.

„Freundschaft?", Nick kam ihm hinterher.

„Ja, Freundschaft und so weiter", grummelte Kolja und ging Richtung Bad.

„Okay, ‚und so weiter', dann geh ich jetzt, weil ich noch in Mela sein möchte, bevor es dunkel wird", rief er ihm lautstark hinterher. „Du weißt schon, um keinen lebensgroßen Fledermäusen zu begegnen. Ich halte dich auf dem Laufendem. Aber du hast ja keinen Taschencomputer, da geht das ja nicht. Also bis irgendwann."

Kolja drehte sich in der Badtür noch einmal um. „Bis irgendwann", sagte er sanft.

14

In der Bahn auf dem Weg nach Mela schickte Nick eine Nachricht an Juri, informierte ihn über seine Abreise, klappte den Computer zu, lehnte seinen Kopf an die Scheibe und ließ die Landschaft an sich vorbeiziehen. Es war eine ganz gute Aufgabe gewesen, auf Kolja aufzupassen und ihn auf die Beine zu bringen, aber jetzt war er wieder allein.

Nachdem sie mehrere Tage nebeneinander geschlafen hatten, fürchtete Nick sich jetzt wieder davor, allein in seiner Wohnung zu sein. Das war schon immer sein Schwachpunkt gewesen, das Bedürfnis nach Nähe, das über allem anderem stand. Es war nicht so, dass er vorhatte, erst mit sich selbst glücklich zu werden, aber er wollte sich in seinen Entscheidungen endlich mal nicht abhängig von den Launen und der Meinung anderer machen. Das war doch der Zweck der ganze Aktion gewesen, alles und jeden hinter sich zu lassen.

Nick seufzte und versuchte die immer gleichen Gedanken von sich abzuschütteln. Als er in Mela ausstieg, lief er zur Kleidersammlung, auch wenn zu dieser Zeit dort niemand sein konnte. Ruby war schon längst nach Hause gegangen und für Publikum hatten sie auch nicht mehr geöffnet. An der Eingangstür angekommen sah er die eingeschränkten Öffnungszeiten, die aktuell nach dem Stundenplan von Ruby ausgerichtet waren. Nick gab den Code ein und betrat die dunklen Hallen.

Irgendwie fühlte er sich jetzt noch elender. Er schlich durch die Reihen mit abgelegter Kleidung und dachte an die Tonnen von Hosen, Jacken und T-Shirts, die jeden Tag auf die eine oder andere Weise produziert, oft nur einmal angezogen und dann entsorgt wurden. Und er fügte diesem gigantischen Berg immer noch etwas hinzu und welchen Sinn hatte das? Damit er sich selbst verwirklichen, damit er mit Farben und Stoffen herumspielen, damit er seiner Phantasie freien Lauf lassen konnte? Das war irgendwie egoistisch und unsolidarisch, ungemeinschaftlich. Er sollte lieber daran arbeiten… wow, was war das?

Als er das Nähzimmer betrat, merkte er sofort, dass sich einiges geändert hatte. Überall lagen Stoffreste herum, auf den Nähmaschinen waren mehrere halbfertige Projekte und auf zwei Kleiderständern sammelten sich mindestens ein Dutzend neuer Kleidungsstücke. Nick holte eins nach dem anderen heraus, um es zu inspizieren und staunte über die Farbkombinationen, die absurden Ideen und die schiefen Nähte, die Rubys Werk sein mussten. Er konnte sich kaum daran erinnern, aber am Anfang musste auch er das Nähhandwerk gelernt und jede Menge schiefer Ärmel und Säume produziert haben. Er lächelte bei dem Gedanken daran und widerstand dem Drang, ein paar Ausbesserungen vorzunehmen. Nein, das war nicht angemessen.

Ob die Leute die Kleidung auch so kauften? So wie er die Melaner kannte, war ihnen wohl vieles ziemlich egal. Nick liebte auf jeden Fall Rubys Stil, sie wählte viel stärkere Kontraste und kombinierte Spitze mit Nadelstreifen, Gelb mit Blau und Musselin mit Fleece. Nick hatte seine Bedenken, ob das alles so funktionierte, aber es war auf jeden Fall etwas Neues und Unerwartetes.

Nachdem er eine Weile herumgestöbert hatte, spürte er die Müdigkeit immer stärker in seinen Gliedern und machte sich daran, die Kleidersammlung zu verlassen. Gerade als er das Licht löschen wollte, hörte er Schritte in der angrenzenden dunklen Halle und hielt inne. Mit einem Mal trat Mai aus den Schatten heraus.

„Verdammt, das ist nicht cool mich so zu erschrecken", er hielt sich den Brustkorb, wie um seine Seele daran zu hindern, den Körper zu verlassen.

„Das tut mir leid, das war nicht meine Absicht", sagte sie ohne einen Anflug von echter Reue.

„Ich war gerade dabei zu gehen", Nick schaltete das Licht aus und lief demonstrativ an ihr vorbei zum Ausgang.

„Warte", ihre Hand landete auf seiner Schulter und es war die leichteste Berührung.

Nick blieb stehen und drehte sich zu ihr. Vom Eingang her kam noch schwaches Licht.

„Ich möchte dich bitten, für mich ein Kleid zu schneidern", sagte sie schließlich.

„Oh nein, nicht die Nummer", Nick fuhr sich durch die Haare, um nicht etwas Unhöfliches zu sagen.

„Ich weiß, du willst nicht mehr entwerfen und nähen."

„Exakt", Nick atmete aus. Vielleicht konnte sie doch verstehen. Für ihn war das Gespräch beendet. Er lief quer durch die Halle zur Tür und griff nach der Türklinke. Sobald er draußen war und abgeschlossen hatte, stand sie wieder vor ihm und versperrte ihm den Weg.

„Es geht mir nicht um angesagte oder ausgefallene Klamotten", Mai trat vor ihn und schaute zu ihm runter, sodass ihre Nasenspitzen sich fast berührten, wenn sie nicht fast einen Kopf größer wäre als er. „Ich brauche kein cooles Design, keine ausgefallene Mode, um mich ins Szene zu setzen. Aber als Patronin von Mela ist es mir wichtig, etwas zu tragen, dass aus Mela kommt, das aus den Quellen dieser Stadt entstanden ist und damit durch mich hindurchgeht, mich verbindet."

Nick bewegte seinen Mund hin und her, als würde er auf etwas kauen. „Und das kann nicht von jemanden anderen übernommen werden? Was ist mit den Erzeugern im Umland, die können dir bestimmt einen Pulli aus der Schafswolle stricken oder so. Was ist mit Ruby oder einer anderen Hobbyschneiderin?"

„Ruby ist noch nicht so weit, auch wenn es nicht mehr lange dauert. Außerdem, ich kann ja nicht nur *ein* Kleid tragen. Das nächste wird von ihr sein. Aber das erste…"

„Ich bin noch nicht einmal aus Mela. Ruby ist hier geboren…"

„Das spielt keine Rolle", Mai lachte. „Ab dem Moment, in dem du deinen Fuß in die Stadt gesetzt hast, bist du ein Teil der Gemeinschaft geworden, ob du wolltest oder nicht."

„Ich bin…", Nick ließ die Schultern sinken und versuchte es auf eine andere Weise, „…kreativ ausgebrannt. Ideenlos. Lustlos. Ich schaue dich an und habe null Inspiration für ein Kleid, ehrlich gesagt."

„Ich werde dir helfen, okay?", sie legte mütterlich ihren Arm um seine Schulter, öffnete die Tür wieder und führte ihn hinein. „Glaub mir, es wird uns beide inspirieren, an diesem Projekt zu arbeiten und wir fangen gleich damit an."

Mai setzte sich in die Mitte des Nähraums auf einen Hocker und legte als erstes ihren Umhang ab. Der schwarze Stoff fiel um sie auf den Boden und es war, als würde sie in einer tiefen und dunklen Pfütze stehen. Nick lief um sie herum und betrachtete ihre schlanke Figur, die überschulterlangen leicht gewellten dunkelbraunen Haare, ihr ernstes Gesicht, die spitzen lackierten Fingernägel, die blauen Äderchen auf ihrem Dekolleté, die schmalen Füße, die in eng nach vorne zulaufenden Lederschuhen steckten und ihre hellwachen Augen, die jede von seinen Bewegungen registrierten.

„Du bist also eher der Typ schwarz würde ich sagen", er blieb vor ihr stehen und kratzte sich am Kinn. „Geradezu gothic, dunkel, vielleicht depressiv, tiefsinnig, lichtscheu."

Sie sagte nichts und regte sich nicht, aber in ihren Augen konnte er so etwas wie Bestätigung erkennen. Konnte sie nicht sowieso seine Gedanken lesen? Nein, daran durfte er nicht denken, das verwirrte ihn zu sehr.

„Ich denke Baumwolle, Leinen und Spitze sind dein Ding. Ich sehe dich jetzt nicht in Stretch und Sportkleidung, auch nicht in großen Blumendrucken oder Nadelstreifen", überlegte er laut und Mai lächelte zustimmend das kleinste Lächeln.

„Aber nur schwarz wird dir nicht gerecht, wenn du mich fragst", er lief noch einmal um sie herum. „Wir brauchen auch nachtblau, violett, dunkelrot – das würde Ruby gefallen", lachte er, „und tannengrün; dann Sprenkel vom hellsten Blau, leichtestes Pink und frisches Blutrot. Oh ja", er rieb sich die Hände. „Das wird das perfekte Gewand, sehr extravagant."

Er lief rüber in die Halle und sammelte sich haufenweise alles zusammen, was nur vage zu seinem Plan passen könnte. Kam zurück und warf es neben Mai auf den Boden.

„Leider müssen wir uns mit dem hier zufrieden geben. Meterware gibt es hier nicht", er zuckte mit den Schultern.

„Es ist genauso, wie es sein soll", erwiderte sie wie eine Sphinx, „du lässt deine Kräfte wirken und ich begleite dich dabei so gut ich kann."

„Was heißt das?", fragte er, während er mit der großen frisch geschärften Schneiderschere daran ging, die herausgesuchte Kleidung zu bearbeiten.

„Ich helfe dir, wach und konzentriert zu bleiben, dein Ziel nicht aus den Augen zu verlieren, im Flow zu sein."

„Und wie genau funktioniert das? Klingt nach einer Droge oder einem Aufputschmittel", er lachte.

„Es ist nichts derartiges. Hast du dich jemals gefragt, woher deine kreative Energie kommt?"

„Aus mir selbst natürlich."

„Interessante Erklärung", Mai schmunzelte. „Meine Kräfte auch. Und aus noch so viel mehr. Aus allem und nichts. Ich verstehe es selbst nicht genau. Bin neu auf diesem Gebiet. Vorher war ich im Recycling. Habe Schrott verarbeitet. Bis zu dem Tag, an dem sich alles änderte", sie wirkte traurig, „aber dann kam Nina und rief mich, in diese Stadt zu kommen."

„Nina?", Nick ließ die Schere sinken und starrte sie an. „Sie hat meine Waschmaschine repariert."

„Aber sie kann noch so viel mehr."

„Ist sie eine Art Schamanin, weil sie dich ,gerufen' hat?"

„Nein, Nina ist Feinmechanikerin", erwiderte Mai entrüstet und schüttelte den Kopf, als ob das alles erklären würde.

Nick hob die Augenbrauen und wandte sich wieder seiner Arbeit zu. Eine Stunde später hatte er das Grundgerüst des neuen Gewandes für Mai fertig. Es war voller Fäden, unversäuberter Nähte, Stecknadeln und schiefer Säume, aber sie konnte es anprobieren. Mai zog ihr schwarzes Kleid aus und wirkte in ihrer Unterwäsche und der blassen Haut so verletzlich wie nie. Nick hielt ihr das Kleidungsstück auf, sie schlüpfte hinein und er verschloss es am Rücken mit Sicherheitsnadeln, weil ein Reißverschluss oder Knöpfe noch nicht vorhanden waren. Dann führte er sie zum Spiegel und stellte sich ein paar Meter entfernt, um ihre Reaktion beobachten zu können.

Sie drehte sich nach rechts und nach links, ihr Gesicht unlesbar, hob die Arme und betrachtete ihren Rücken, strich an den Seiten entlang. Nick wollte etwas erklären, warum er den Ausschnitt so und die Ärmel so gemacht hatte, biss sich aber auf die Zunge, um die erste Reaktion aufzunehmen.

„Nick", sagte sie schließlich und wandte sich ihm zu, „ich wusste nicht, was ich erwarten würde, habe deine früheren Arbeiten nie gesehen. Aber das hier…", ihre Augen glänzten leicht, „… ist wie der Tag an dem ich mein erstes und einziges Kind verloren habe; der Tag, an dem ich das erste Mal durch den Abendhimmel geflogen bin; der erste Tag, an dem ich so allein und doch umgeben von tausenden von Menschen in Mela war; also ist es wie der Anfang und das Ende in einem zusammen."

„Das tut mir leid, Mai. Aber gefällt es dir trotzdem?", Nick hob vorsichtig die Augenbrauen.

Sie drehte ihm den Rücken zu und deutete an, die Sicherheitsnadeln zu öffnen. „Du kannst es in den nächsten Tagen fertig nähen."

Nick half ihr, sich aus dem Kleid zu schälen, legte es schließlich über die Nähmaschine.

„Bald geht die Sonne auf", Mai drückte ihn sanft in den Stuhl, der davor stand. „Du kannst jetzt erstmal ruhen", sie strich über seine Haare und Nick verschränkte die Arme vor sich auf dem Nähtisch, legte seinen Kopf darauf ab und war weg.

15

„Wach auf, Nick, was machst du denn hier?", hörte er als nächstes und hob verschlafen seinen Kopf. Vor seinen Augen war immer noch alles verschwommen.

„Hmm?", fragte er.

„Wieso schläfst du hier?"

Nick murmelte unbestimmt vor sich hin. Alles war so schwer. Zu hell. Ein Sog zog ihn immer wieder in die andere Welt zurück.

„Ich bringe dich nach Hause", das war wohl Koljas Stimme. „War wegen dem Markt hier und wollte dir einen Besuch abstatten. Wusste nicht, dass du so eine schlechte Work-Life-Balance hast. Es ist außerdem Samstag, euer Laden hat sowieso nur ein paar Stunden geöffnet", Kolja legte Nicks Arm um sich und brachte ihn auf die Beine. „Zur Not trage ich dich. Möchtest du das etwa? Also. Hilf etwas mit und laufe."

Nick versuchte so gut es ging einen Fuß vor den anderen zu setzen. Er bekam nicht mehr viel mit, aber irgendwann waren sie wohl bei ihm zu Hause und er in seinem Bett. Was für eine Wohltat. Kolja war dann verschwunden, wohl wieder auf dem Markt und tauchte viel später nochmal auf. Nick spürte seine Präsenz, wenn er kurz aufwachte und dann wieder im Schlaf versank.

Doch dann schlug er die Augen tatsächlich richtig auf. „Verdammt, was für ein tiefer Schlaf war das? Diese Mai hat es mit ihrem Schlafzauber eindeutig übertrieben", er rieb sich die Augen und streckte sich.

„Was hat Mai damit zu tun?", fragte Kolja, der Nick ein Glas Wasser reichte und sich neben ihn aufs Bett setzte.

„Sie…", Nick nahm einen Schluck, hielt inne und schüttelte den Kopf, „sie hatte diese verrückte Idee, dass ich ihr etwas schneidern sollte und dann kam eins zum anderen…", er hielt inne und starrte ins Leere, ließ diese Aktion in seinem Kopf Revue passieren. „Wie spät haben wir es überhaupt?"

„Es ist vier Uhr nachmittags."

„Ich sollte zur Kleidersammlung gehen und dort…"

„Nein", Kolja lachte, „du bleibst hier, du hast schon genug gemacht. Hast du Hunger, willst du etwas essen, brauchst du eine Dusche?"

„Ich denke ich nehme alles davon", er stand auf und lief ins Bad.

Nach dem Duschen und Zähneputzen fand er außer Unterwäsche keine frischen Sachen und legte sich das Handtuch um die Schultern, da seine Haare noch tropften. In seiner Wohnung unter dem Dach war es sowieso sehr warm geworden.

Währenddessen hatte Kolja Bratkartoffeln zubereitet und stellte alles auf den kleinen Tisch, an den nur ganz knapp zwei Personen passten. Nick setzte sich an den Tisch und nahm sich gleich eine Portion.

„Wie geht es dir mittlerweile?", fragte er und biss in die knusprigen Kartoffeln. „Ich meine, wir haben uns nur ein paar Tage nicht gesehen, aber es kommt mir wie eine Ewigkeit vor."

Kolja starrte ihn an und Nick konnte den Blick nicht deuten, er hatte sich noch nicht einmal etwas vom Essen genommen.

„Ähm", Kolja kratzte sich am Bart und schien seine Gedanken zu sammeln, „es ist besser. Ich muss nicht mehr so oft an... meinen Plan denken. Er ist noch da, aber nicht mehr so präsent wie vorher."

„Freut mich zu hören. Was denkst du, woran das liegt?"

Kolja zuckte mit den Schultern und kaute gedankenverloren den ersten Bissen. „All die Jahre habe ich genau gewusst, wie alles enden wird, das war auch irgendwie beruhigend. Sie würden mich nie kriegen. Wenn ich wenigstens selbstbestimmt sterben würde, dann hätte ich gewonnen. Ich weiß nicht, ob du das verstehen kannst, aber das war mir sehr wichtig. Es war eine in Stein gemeißelte Wahrheit. Als Mai kam, habe ich mich das erste Mal gefragt, was passieren würde, wenn sie oder jemand anderes mir garantieren könnte, dass niemand hinter mir her wäre. Dann hatte ich Hoffnung. Aber das ist gefährlich. Man wird dann naiv und leichtsinnig. Aber vielleicht braucht es Leichtsinn, um das Unmögliche zu denken und dann auch möglich zu machen. Sorry, ich rede wirres Zeug."

„Ich kann nur vage folgen", Nick lachte unsicher, „aber ich verstehe, dass Mai eine eindrucksvolle Gestalt ist und wenn sie bei dir einen Nerv getroffen hat, dann bin ich sehr froh drum."

„Du hast auch einen Nerv bei mir getroffen", erwiderte Kolja sehr ernst und Nick hätte sich fast an einem Kartoffelstück verschluckt. „Danke, dass du da warst."

„Hat Juri dir aufgetragen, das zu sagen?", erwiderte Nick möglichst ungerührt.

„Wie kommst du darauf?"

„Als ich das erste Mal bei dir war, warst du überhaupt nicht begeistert von meiner Anwesenheit."

Es entstand eine längere Pause, während der Nick sich nicht traute, aufzuschauen und das Essen auf seinem Teller hin und her schob.

„Ich habe nur so reagiert", durchschnitt Kolja mit einem Mal die Stille, „weil ich dich da nicht reinziehen wollte. Was hättest du gedacht, wenn du mich am nächsten Tag von der Decke hängend gefunden hättest?"

„Uff", Nick gab einen undifferenzierten Laut von sich und schimpfte innerlich. „Das kannst du nicht einfach so sagen", er ließ seine Gabel mit einem Klirren auf den Teller fallen.

„Stimmt doch."

„Oh nein, du lenkst bloß ab", Nick verengte die Augen, „ich glaube deine Reaktion hatte mehr damit zu tun, dass du…", er holte ein paar Mal tief Luft, „… dass du nicht von einem Mann…", er gestikulierte mit den Händen, „…angebaggert werden wolltest."

Jetzt sah er, dass es Kolja warm wurde und er sich deutlich unwohl in seiner Haut fühlte. Nick wusste instinktiv, dass er ins Schwarze getroffen hatte und Kolja es nur nicht zugeben wollte. Er stand auf und suchte sich ein T-Shirt, eine kurze Hose und zog sich beides über. Vielleicht sollte man solche Gespräch nicht führen, wenn man in Unterwäsche dasaß, überlegte er.

Die Stimmung war auf jeden Fall dahin. Nick hoffte, dass Kolja einfach gehen würde, stattdessen saß er regungslos auf seinem Stuhl.

„Nick, ich…", jetzt stand er auf und ging auf ihn zu, doch Nick wich im letzten Moment aus und entschied sich spontan, selbst die Wohnung zu verlassen.

„Ich brauche frische Luft", verkündete er und schnappte sich seine Turnschuhe, um sie anzuziehen.

Ohne zurückzuschauen, war er schneller aus der Tür raus, als er „Fluchtreflex" sagen konnte.

Draußen war es angenehm mild und eine leichte Brise wehte durch seine noch feuchten Haare. In den letzten Tagen war er kaum vor der Tür gewesen und nach dem langen Schlaf tat es gut, sich die Füße zu vertreten. Ziellos lief er die Straße entlang und studierte junge Leute, die vielleicht zu einer Party unterwegs waren; Kinder, die einen Fußball hin und her kickten und einen Hund, der einen Jogger anbellte. Der Läufer schaute grimmig und erinnerte Nick an Kolja. Ihr komplizierter Bezug zueinander war irgendwie kräftezehrend. Im Zuge dessen hatte Nick irgendwie die Lust an Menschen generell verloren und wünschte sich, in ein Land abzutauchen, in dem nur Farben und Texturen relevant waren, aber das war ja nicht möglich und außerdem doch zu einsam, überlegte er.

Mit jedem Schritt wurde er irgendwie mutloser und fragte sich, ob er sich, um wieder bessere Laune zu bekommen, den Partygängern, den Fußballspielern oder dem Hund anschließen sollte. Doch dann glitt sein Blick zu dem merkwürdigen Typen, der seiner Erinnerung nach Frederick hieß. Er saß auf dem Bürgersteig, sah verwahrlost aus und schaute missmutig vor sich hin. Nick ging zu ihm und ließ sich neben ihn fallen.

Langsam drehte Frederick seinen Kopf und schaute Nick von der Seite aus an. Dann sagte er: „Die Welt ist scheiße."

„Kann dir nur zustimmen", Nick würde es nicht exakt so ausdrücken, aber er wollte Zustimmung vorgeben, um eine gemeinsame Basis zu schaffen. „Was ist bei dir los?"

„Mein Bruder ist gestorben und Mai ist daran schuld", lallte er vor sich hin.

„Was?", Nick drehte sich zu ihm und riss die Augen auf.

„Sie hätte ihn retten können", schluchzte er. „Und sie hat es nicht getan", jetzt lehnte er sich an Nick, „sie hilft so vielen und alle loben sie in den Himmel, aber sie sehen nicht, dass sie mich im Stich gelassen hat, dass sie eine fiese Lügnerin ist", er weinte jetzt in Nicks T-Shirt.

„Das ist hart, Bruder, echt hart", Nick tätschelte ihm den Kopf. „Die Welt ist voller Ungerechtigkeiten und wir können es nicht immer verhindern, auch wenn wir könnten, verstehst du?"

„Aber wenn sie ihn gerettet hätte… Wenn sie verhindert hätte, dass er nach Jaku gefahren wäre…"

„Das war doch lange bevor sie in Mela war. Wie hätte sie das schaffen sollen?"

Frederick weinte bloß in Nicks Schulter.

„Kann man dir etwas Gutes tun", fragte Nick, „dich nach Hause bringen, brauchst du etwas zu essen, neue Kleidung?"

„Nein, Mann, ich brauche nichts, es hat alles sowieso keinen Sinn mehr", Frederick wischte sich über die Augen und richtete sich wieder auf. „Hat dir das Leben auch übel mitgespielt?"

„Nein, nichts, was sich mit deinem Schicksal vergleichen ließe."

„Aber?", er klang jetzt etwas nüchterner und fixierte Nick mit seinen dunklen Augen. Sie passten gut zu dem glatten schwarzen Haar, das undefiniert aus einer Kurzhaarfrisur bis an die Schultern gewachsen war. Sein Blick war seltsamerweise Mais listigem und melancholischem

Antlitz nicht unähnlich, aber das würde er ihm jetzt nicht erzählen.

„Der Typ, dem ich hinterhergelaufen bin, will nichts von mir, das ist alles", Nick zuckte mit den Schultern. „Ich bin auch selbst schuld, er steht nur auf Frauen und ich nur auf Männer, also kann das nie was werden, verstehst du?"

„Ahh, die Liebe", Frederick streckte theatralisch die Hand vor sich aus, als würde er auf einem Balkon stehen und eine Oper singen wollen. Nick lachte. „Wie kann er nicht sehen, was für eine reine Seele du bist", Frederick klang wieder etwas betrunkener, wandte sich Nick zu und gab ihm einen dicken Schmatzer auf die Wange. Nick schüttelte sich vor Lachen. „Du bist wirklich ein guter Mann", Frederick war schlagartig ernst und Nick war etwas beunruhigt wegen der ganzen Stimmungswechsel, „und wenn dieser Vollidiot das nicht sehen kann, dann bin ich immer für dich da, ist das klar?", er klopfte Nick mit viel Nachdruck auf die Schulter.

„Ich bin auch immer für dich da, okay? Vergiss das nicht", Nick klopfte zurück.

„Was geht hier vor?", Kolja stand plötzlich vor ihnen beiden. „Nick, ich habe dich überall gesucht. Du kannst doch nicht einfach…"

„Ist das der Typ?", Frederick war blitzschnell auf den Beinen und ballte die Fäuste, als wollte er auf Kolja losgehen.

„Mach mal langsam", Nick stellte sich zwischen die beiden.

„Ich mach ihn fertig", lallte Frederick und schwankte von rechts nach links. Ein paar Leute hatten sich um sie versammelt und starrten auf das Geschehen.

„Nick?", Kolja sah ratlos aus.

Währenddessen versuchte Frederick die Luft vor sich zu boxen und fiel dabei um. Dort blieb er liegen. Nick beugte sich zu ihm runter, er schien keine Verletzungen zu haben.

„Wenn du willst, vermöble ich ihn", murmelte Frederick und seine Augen wanderten ziellos umher.

„Alles gut, Alter, ich komme zurecht, okay?", sprach Nick auf ihn ein und legte die Hand in seinen Nacken. „Ich muss jetzt los. Aber wenn du was brauchst, dann findest du mich in der Kleidersammlung. Und ich bin mir sicher, dass du wieder auf die Beine kommst, ich glaub an dich."

„Da bist du der einzige", Frederick senkte die Augen.

Nick stand wieder auf und lief schnurstracks durch die Menge, raus aus dem Aufmerksamkeitsfokus. Kolja war dicht hinter ihm.

„Was machst du hier?", zischte Nick, als sie außer Hörweite von den anderen waren, die langsam auch ihre Wege gingen.

„Irgendjemand muss ja auf dich aufpassen", erwiderte Kolja kühl.

„Dass ich nicht lache."

„Der Typ ist möglicherweise gefährlich", Kolja zeigte nach hinten, „hast du nicht gehört, wie er sich aufführt…"

„Glaube ich nicht", Nick lachte humorlos.

„Nick…", Kolja drückte ihn ohne Vorwarnung gegen eine Hauswand und fixierte ihn mit beiden Händen an den Schultern. Nick atmete scharf ein.

„Was ich dir vorhin schon sagen wollte…", Kolja schnappte plötzlich nach Luft, als wäre er sehr schnell gerannt. Dann schüttelte er den Kopf, als ob er mit sich ringen würde. Doch sein Griff war immer noch fest und hielt Nick an Ort und Stelle. Schließlich beugte er sich nach vorne und ihre Lippen berührten sich, erst vorsichtig, dann mit mehr Nachdruck und Koljas ganzer Körper war an ihm, um ihn. Nick spürte, wie seine Barrien von einer Welle weggeschwemmt wurden und er sich in den festen Griff fallen ließ und fortgetragen wurde. Kolja roch und schmeckte nach Heuboden, Fahrtwind und Wildseide, die gleichzeitig weich und rau durch seine Finger glitt.

Als sie sich voneinander lösten, schaute Kolja weg und auch Nick warf einen Blick auf die Straße, aber es war außer ihnen niemand zu sehen.

„Alles okay?", fragte Nick atemlos.

Kolja nickte.

„Bist du dir sicher, dass du…", setzte Nick an, aber Kolja unterbrach ihn, indem er seine Hand schnappte und ihn hinter sich herzog.

„Wir sollten nach Hause gehen", verkündete er.

„War das jetzt wegen Frederick?", fragte Nick und schaute erstaunt auf ihre beiden Hände.

„Er darf dich nicht mehr anfassen", grummelte Kolja, „niemand… darf dich berühren. Außer mir."

Nick lachte. „Was ist mit den Leuten, die ich ankleide? Mit Ruby und so weiter?"

Kolja blieb stehen. „Du weißt schon, wie ich das meine", sagte er sehr ernst und drückte seine Hand noch fester.

„Was ist", fuhr Nick unbeirrt fort, „wenn ich in eine Grube falle und jemand streckt mir die Hand entgegen, um mich herauszuziehen?"

Nick sah, wie Kolja sich auf die Lippe biss, um ein Lachen zu unterdrücken. „Dann ziehe ich dich heraus", er bemühte sich ernst zu klingen.

„Was ist, wenn die Grube schnell mit Wasser vollläuft und du gerade am anderen Ende der Stadt Schafe scherst?"

Kolja lachte.

„Jetzt im Ernst", sie blieben vor Nicks Haus stehen, „Kolja, bist du dir sicher, dass ich die Person bin, mit der du eine Exklusivitäts-Berührungs-Regelung abschließen willst? Die ganze Zeit über hast du meinen Nagellack und meine Kniestrümpfe abschätzig gemustert. Das habe ich mir nicht eingebildet."

„Ich habe dich *neugierig* gemustert. Das ist nun mal der Ruhezustand meines Gesichtes", er setzte eine grimmige Miene auf.

„Ich weiß nicht", Nick verschränkte die Arme vor sich. „Ich wette, du hast dich noch nie für Männer interessiert", er verengte die Augen.

„Du hast recht", Kolja gab sich geschlagen. „Aber ich habe mich für dich interessiert."

„Seit?"

Kolja gab einen grummeligen Laut von sich und schob Nick in das Haus rein, sie gingen die Treppen hoch. „Seit du das erste Mal bei mir warst, okay?", murmelte er hinter ihm. „Und nein, das ist kein kurzfristiger Anflug von Interesse. Glaub mir, die Sachen, die ich mache, mache ich ganz oder gar nicht. Wenn ich mich erst in etwas verbissen habe, gibt es kein Zurück mehr. Dein Einverständnis vorausgesetzt natürlich. Und es ist schon verdammt lange her, dass jemand mich so beeindruckt hat wie du, auf allen Ebenen. Und dass jemand mich dazu gebracht hat, mich so ausführlich zu erklären."

Nick blieb oben wie angewurzelt stehen. Konnte er wirklich glauben, was er da hörte? Hatte er Kolja die ganze

Zeit falsch eingeschätzt? Das wäre schön, aber vielleicht zu schön, um wahr zu sein.

Kolja gab den Code ein und öffnete die Wohnungstür, schob Nick hinein und schloss die Tür wieder hinter ihnen.

„Zieh deine Kleidung aus", sagte Kolja beiläufig und hängte seine Jacke an den Haken. „Ich habe die Wäsche vorbereitet und das alles werfen wir noch mit rein", er zeigte auf die Waschmaschine.

Nick zog das T-Shirt aus und stieg aus seiner Hose.

„Du kannst dich solange auf das Bett legen, ich bin gleich da", sagte Kolja lapidar und sammelte die Kleidung ein, um damit im Bad zu verschwinden.

Nick lief in das Wohn-Schlafzimmer und fand alles sehr aufgeräumt vor. Der Tisch war leer, das Bett gemacht, jegliche Unordnung beseitigt. Draußen kündigte sich zwar die Abenddämmerung an, aber der Himmel leuchtete immer noch in Weiß und Blau.

Er ließ sich auf den Rücken auf das Bett fallen und streckte sich aus. Das war gemütlich. Als Kolja dazukam, beugte er sich über ihn und Nick spürte seine Lippen an seinem Hals, Schlüsselbein, Rippen, Knie und Knöchel. Nick schloss die Augen und atmete jede Berührung ein, gab die Kontrolle ab und wurde fortgetragen.

16

„Ich muss noch das Gewand von Mai fertig nähen", fiel es Nick am nächsten Tag ein, als er noch verschlafen im Bett lag.

„Heute nicht", murmelte Kolja irgendwo hinter ihm und strich ihm über den Oberarm.

„Wer weiß, vielleicht steht sie auf einmal vor der Tür, wenn ich nicht schnell genug bin", überlegte Nick.

„Morgen ist Montag, da fahre ich in aller Früh zurück zu den Erzeugern, es müsste doch reichen, wenn du dann wieder im Einsatz bist, oder?"

Nick drehte sich zu ihm. „Ich denke schon. Willst du dort wohnen bleiben oder hier in die Stadt ziehen?"

„Ich denke, dort bleiben, wenn es für dich okay ist?", Kolja schob den Arm unter seinen Kopf und schaute zur Decke. „Es ist das erste Mal, dass ich allein wohne und um mich herum niemand ist. Es fühlt sich wie ein Neuanfang an und das wollte ich auskosten."

„Wolltest du mich deswegen nicht dort haben?"

„Nein", Kolja rückte an ihn heran und umarmte ihn. „Als du das erste Mal da warst, war noch nichts mit Neuanfang, da war noch Ende. Und der Neuanfang ist noch fragil", flüsterte er in Nicks Ohr. „Aber ich finde, wir sollten uns die ganze Zeit sehen, von mir aus jeden Tag, was denkst du?"

„Hmm, aber ich fahre nicht jeden Tag raus."

„Musst du auch nicht. Jemand muss ja kommen und dich von der Arbeit abhalten, oder?"

„Ich bin nicht arbeitswütig, das war mal. Hier ist das Verlangen danach nicht sehr groß."

„Wir schauen mal", Kolja küsste seinen Nacken und Nick lächelte.

Als er am nächsten Tag bei der Fertigstellung von Mais Auftrag war, fiel ihm auf, dass er Ruby schon ein paar Tage nicht gesehen hatte. Falls sie heute nicht auftauchen würde, wollte er sie anschreiben oder bei ihr vorbeischauen. Aber solange brachte er noch hundert kleiner Details an dem Kleid an. Dieses Projekt wuchs und gedieh mit jeder Stunde und Nick wusste gar nicht, woher diese ganzen Ideen kamen und was Mai dazu sagen würde.

Da entstanden Flügel, die mit den Ärmeln verbunden waren, da materialisierte sich eine Kapuze, die tief ins Gesicht gezogen werden konnte, da gab es geheime Taschen innen und außen, Borte mit silberblauen Fäden, Stickereien an den Ärmeln und Applikationen an versteckten Stellen. Nick kam von einem zum anderen, obwohl seine Fingerspitzen von den Nadeln schon wund waren und seine Augen immer müder wurden.

„Hey", hörte er plötzlich hinter sich und blickte auf.

„Ruby, ich habe mir schon Sorgen um dich gemacht", er stand auf und ging zu ihr rüber. „Du trägst gar kein Rot sondern...", er schaute sie von oben bis unten an, „schwarz und grau. Was ist passiert?"

Statt zu antworten, ging sie in ihrer breiten Jeans und dem schlabbrigen Pullover an ihm vorbei und beugte sich über das Kleid von Mai. „Was zum Henker ist das?", rief sie.

„Das ist...", Nick knetete seine Hände und versuchte eine logische Erklärung zu formulieren.

„Ich fasse es nicht", Ruby hielt das Gewand vor sich. „Das hast *du* gemacht?", sie starrte ihn mit offenen Mund an. „Wieso hast du die ganze Zeit verschwiegen, dass du nicht nur verrückte Kleider, sondern Dinge, die nicht von dieser Welt sind, herstellen kannst? Was steckt noch in diesem Köpfchen", sie legte das Kleid beiseite und klopfte mit den Knöcheln auf sein Haupt. „Für wen ist diese Extravaganz?", sie verschränkte die Arme und blieb vor ihm stehen.

„Sie heißt Mai, schon von ihr gehört?"

Ruby schüttelte den Kopf.

„Wohnt in einem verrückten Hexenhaus in der Innenstadt."

„Ach so, die", Ruby machte ein nachdenkliches Gesicht, „meine Mitschüler haben da was erzählt. Und die war bei dir? Ich dachte, du machst keine Spezialanfertigungen."

„Sie kann sehr überzeugend sein. Ich hatte quasi keine andere Wahl."

„Was hat sie dir versprochen? Ewiges Leben?", Ruby riss die Augen auf.

„Schlaflose Nächte", schnaubte Nick.

„Die hast du bestimmt von Kolja, tu nicht so."

„Hmm?", Nick riss die Augen auf.

„Ich seh doch wie du strahlst. Also, stimmt es?"

„Hmm", Nick war jetzt sehr beschäftigt damit, den Faden auf eine Spule zu wickeln.

Aus den Augenwinkeln sah er, dass Ruby aber nicht mehr lächelte, sondern in sich zusammensank.

„Wenigstens einer von uns ist glücklich", murmelte sie und drehte sich weg.

„Ist etwas passiert?", fragte Nick ihren Rücken.

„Ich war die ganze Woche krank", murmelte sie und wühlte in der Stoffrestekiste herum, „es ging mir nicht gut…"

„Ruby, hat jemand dir weh getan?"

Sie schluchzte kurz. „Ich schaff das schon. Ich habe schon alles Mögliche geschafft, also werde ich das auch überstehen."

Aber Nick hatte denn Verdacht, dass sie für eine Weile kein Rot mehr tragen würde.

Die nächsten Stunden verschwand Ruby in der Halle und sortierte die neu angelieferte Kleidung, während Nick das Kleid von Mai fertig stellte. Er hörte sie rumoren und umherlaufen und irgendwann verließ sie die Kleidersammlung, ohne sich zu verabschieden. Nick hängte das neue Gewand auf einen Kleiderhaken an eine der Stangen und machte sich daran, den Laden abzuschließen. Zum Glück war seine Wohnung nicht weit weg, sodass er sich mit allerletzter Kraft dorthin schleppen konnte. In der Nacht schlief er tief und fest, zufrieden und ausgefüllt.

Am Morgen wurde er von einem Klopfen an der Tür geweckt. Zuerst dachte er, dass es Kolja wäre, dann fiel ihm ein, dass er den Code zu Nicks Wohnung hatte und einfach reingehen würde. Dann dachte er an Ruby, konnte sich aber nicht vorstellen, dass sie ihn so überfallen würde.

Schlaftrunken rollte er aus dem Bett und schlurfte zur Eingangstür. Nachdem er sie geöffnet hatte, blickte er in das Gesicht von Nina und zwei anderen Frauen, die wie drei Abgesandte auf seiner Fußmatte standen. Fragend zog er seine Augenbrauen nach oben.

Sie waren alle so unterschiedlich. Während Nina braune, schulterlange Haare hatte, die hinten zusammengebunden waren und Jeans und T-Shirt trug, hatte die zweite silbergraue Haare, eine sehr blasse Haut, war kleiner und schmal gebaut, die dritte dagegen war groß und kräftig, hatte einen flotten Kurzhaarschnitt, steckte in einem Arbeitsoverall und war sicherlich die jüngste von ihnen.

„Wir sind gekommen, um das Kleid von Mai mitzunehmen", sagte Nina und schaute ihn ernst an, als ob es sich dabei um eine lebensrettende Angelegenheit handelte.

„Ich bin noch nicht ganz fertig, sie kann es heute Nachmittag abholen", Nick gähnte und fuhr sich durch die Haare.

„Das geht nicht, deswegen sind wir gekommen", fuhr Nina fort.

„Ich bin gerade erst aufgestanden", versuchte es Nick und zeigte auf seinen wenig bekleideten Körper.

„Wir warten", grinste Nina und lehnte sich mit verschränkten Armen in den Türrahmen.

Nick schüttelte den Kopf, ließ die Tür offen, lief zurück in seine Wohnung. Zog sich an, putzte sich die Zähne, packte ein paar Sachen in seine Umhängetasche und war startklar.

„Das hier sind übrigens Neev", Nina zeigte auf die Grauhaarige, als er wieder in der Tür erschien, „und Misha", das war dann die im Arbeitsanzug.

„Das Kleid ist nicht so schwer, dass man drei Leute bräuchte, um es von einem Ende der Stadt zum anderen zu bringen", bemerkte Nick, nachdem er die Tür hinter sich geschlossen hatte.

„Das wissen wir", Misha lehnte sich zu ihm und flüsterte ihm ins Ohr, „es geht hier um die Symbolik, die ist für Mai sehr wichtig."

„Seid ihr ihre drei…", er suchte nach dem richtigen Wort, „…Vollstreckerinnen?"

Sie lachten, aber keiner beantwortete seine Frage.

In ein paar Minuten waren sie bei der Kleidersammlung und Nick ließ sie alle herein. Er überließ die anderen sich selbst und lief durch zum Nähraum, um sich dort für die letzten Handgriffe an Mais Gewand zu setzen. Natürlich musste sie es noch anprobieren und danach konnten noch ein paar Anpassungen vorgenommen werden, aber das würde ja anscheinend nicht hier und jetzt passieren. Aus dem Saal hörte er Stimmen, konzentrierte sich aber voll und ganz auf seine Tätigkeit, um nicht vor lauter Ablenkung irgendwo eine Stecknadel in diesem komplizierten Werk zu vergessen. Wer wusste wie Mai auf ein solches Vergehen reagieren würde.

Nachdem er alles erneut überprüft hatte und ein paar Mal mit dem Bügeleisen über die Nähte und Säume gegangen war, packte er das Gewand in den größten Kleiderschoner, den er finden konnte, zog den Reißverschluss zu und hängte ihn an einen Haken. Während er am Aufräumen war, kamen die drei Frauen zu ihm herein und schauten sich etwas um.

„Nick, die Halle ist in keinem guten Zustand", Neev kam auf ihn zu, „da sind so viele alte Ladenhüter und es ist dunkel und kalt, das ist nicht optimal, oder?"

„Hmm", summte er zustimmend und kehrte Stoffreste und Garn auf dem Nähtisch zusammen. „Ich würde vermuten, die Hälfte von dem Zeug liegt seit ein paar

Jahren hier herum. Man müsste mal Ruby fragen, sie hilft hier manchmal aus, kennst du sie?"

„Nein, nie gehört", erwiderte Neev.

„Sie würde gut in eure illustre Runde passen", er lächelte, „aber egal, sie weiß etwas besser Bescheid als ich. Aber ja, das ganze Konzept hier ist verbesserungswürdig."

„Ich arbeite bei der Stadtverwaltung", erklärte Neev, „und könnte meinen Kollegen Marc fragen, ob er ein besseres Objekt in der Innenstadt hätte, vielleicht kann man dann hier ausmisten und gleichzeitig die Attraktivität des Angebots verbessern."

„Gerne", Nick leerte seine Kehrschaufel aus, „das hat sich Ruby schon immer gewünscht."

„Dann könntest du auch besser ausgestattet werden und mehr von den Näharbeiten verrichten, die du in letzter Zeit…", fuhr Neev fort.

„Oh nein", Nick wedelte mit der Hand, „komm bloß nicht auf Ideen. Ich habe keine Lust Auftragsarbeiten für Leute zu übernehmen, die Zeiten liegen hinter mir."

„Und was ist mit dem Kleid für Mai?", fragte nun Misha.

„Das…", Nick hielt inne, „…das war anders", er legte seinen Zeigefinger an die Lippen. Stimmt, es hatte sich wirklich nicht wie das Designen von Abendgarderobe für Laufstege oder Preisverleihungen angefühlt. Eher wie… ein gemeinsames Abenteuer mit ungewissem Ausgang. „Das heißt aber nicht", fuhr er fort, „dass ich zusagen kann, das öfter zu machen. Außerdem bin ich eigentlich gerade dabei, Ruby das Schneidern beizubringen, sie kann dann diesen Part übernehmen."

„Wer ist diese Ruby, von der du die ganze Zeit erzählst?", Misha verengte die Augen zu schmalen Schlitzen.

„Sie ist ziemlich cool. Ihr werdet euch schon kennenlernen. Also, wie ist es, können wir jetzt los?"

Sie verließen die Kleidersammlung. Nick lief vor, die drei waren hinter ihm und beratschlagten sich die ganze Zeit, während er Mais Gewand über seinen Unterarm gelegt vor sich her trug. Als sie in der Bahn saßen und sich der Innenstadt näherten, telefonierte Neev, während die beiden anderen sich intensiv über irgendwas unterhielten. Nick schaute aus dem Fenster und überlegte, dass er bisher nicht wirklich oft im Zentrum vom Mela gewesen war und sich nicht sonderlich gut auskannte.

„Wir machen noch einen Abstecher, um uns mögliche neue Standorte für die Kleidersammlung anzuschauen", verkündete Neev und stand auf, um Richtung Tür zu gehen.

Misha und Nina folgten ihr ohne nachzufragen und Nick schloss sich ihnen an.

Für die nächsten Stunden streiften sie durch mehrere leerstehende Ladegeschäfte, riesige Wohnungen und Büroflächen, während Neev sie mit Input versorgte.

„Eigentlich wäre das Marcs Aufgabe, aber er ist heute verhindert", begann sie, als sie durch einen ehemaligen Supermarkt schlenderten, „hier finden ab und zu Konzerte statt und es ist der einzige Raum in Mela, in den mehrere tausend Leute passen. Er liegt zentral, aber für eine Kleidersammlung ist es denke ich mal zu dunkel", sie kratzte sich am Haaransatz. „Besser als die alte Lagerhalle, aber trotzdem nicht das richtige. Kommt, wir müssen weiter."

Nicks Schritte hallten durch den leeren Raum, als sie wieder herausliefen, Neev vorneweg.

„Hier ist es schon heller", erzählte sie ihnen in dem nächsten Objekt, welches im zweiten Stock eines mehrfunktional genutzten Gebäudes lag, „aber ich sehe direkt, es ist zu klein, die einzelnen Räume sind für Büros ausgelegt. Nur, wie haben in Mela schon seit Jahrzehnten keinen Bürozweig mehr. Wenn man von der Verwaltung mal absieht, aber die hat schon ihre eignen Bereiche besetzt. Wir haben versucht, solche Räume in Wohnung umzuwandeln, aber es ist wahnsinnig viel Arbeit. Außerdem gibt es aktuell genug Wohnraum. Also stehen sie leer. Aber Marc hat mir noch eine Adresse geschickt…", sie beugte sich mit gerunzelter Stirn über ihrem Taschencomputer.

Ein paar Straßen weiter und sie standen vor einem unscheinbaren, dreistöckigem Betonbau. Es war eine ruhige Gegend, obwohl nahe der Stadtmitte. Die Straße war kurz und verband zwei größere Wege, die sich durch die Stadt zogen und in den Marktplatz mündeten. Nick fand, dass diese wenigen Häuserblöcke wie aus dem Raum gefallen schienen, da sie sich stoisch der Hektik um sie widersetzten und mit ihrer Aura die Menschenströme, Bahngleise und die wenigen Fahrzeuge zur Anlieferung oder Abfallentsorgung von sich abschirmten und von sich abperlen ließen.

Zusammen stiegen sie die Treppen hoch in den ersten Stock, Neev gab den Code für die Wohnungstür ein und sie betraten ein herrliches Labyrinth an verschieden großen Zimmern, bei denen eins ins nächste führte. Nick legte Mais Gewand ab und spazierte durch ein riesiges Wohnzimmer, dann in ein kleineres Räumchen, dann zu einem Balkon, der zwei Zimmer verband, dann in eine kleinere

Kammer, dann wieder in einen großen lichtdurchfluteten Raum, dessen Fenster zum Hinterhof führte. Er lief immer weiter und weiter, wahrscheinlich im Kreis herum und hörte von irgendwo die Stimmen der anderen.

Hatten hier wirklich früher Leute gewohnt? Eine große Familie? Oder war das eine Residenz von jemand wichtigen, der hier Audienz gehalten hatte? War es eine Ateliergemeinschaft oder eine Kommune gewesen? Nick schlenderte umher und konnte nicht anders, als hier einen Schneiderraum zu sehen, dort Regale und Kleiderstangen, in einer Ecke saß Ruby und warf ihm schnippische Bemerkungen zu, in einem anderen Zimmer stöberten junge und alte Leute nach etwas, das zu ihnen passen könnte, nebendran kamen Menschen ins Gespräch und berieten sich über Farben und Formen und irgendwo dazwischen hantierte Nick mit Resten und aussortierten Stoffen, um Neues daraus zu machen.

„Was denkst du?", Neev kam auf ihn zu, während er verträumt aus dem Fenster schaute.

„Meinst du nicht, es ist zu klein", er drehte sich zu ihr um, „wie soll das alles hier reinpassen? Wir müssen schließlich die ganze Stadt mit Kleidung versorgen."

„Im Erdgeschoss können wir die Sachen lagern, die gerade nicht zur Saison passen, verstehst du? Und dann muss halt zwei Mal im Jahr umgeräumt werden. Also das ist nur eine Idee, ich weiß natürlich nicht, ob es zu euren Abläufen passt."

„Hmm", Nick lief auf und ab, als ob die Antworten auf die Fragen an den weißen Wänden zu finden wären. „Ich muss mit Ruby sprechen. Aber wenn ich es richtig verstanden habe, hat sie sich das so gewünscht. Raus aus der Schmuddelecke, rein in die Stadt. Sie ist eine sehr begabte Näherin, musst du wissen und hat viele Ideen…"

„Nick", Misha kam jetzt dazu, „das, was du nach Mela gebracht hast, das braucht einen fruchtbaren Boden, Sonne und Fürsorge. Siehst du das hier? *Du* musst dich hier wohl fühlen."

„In meinem alten Atelier habe ich mich auch sehr wohl gefühlt, aber es war trotzdem irgendwann nicht das richtige für mich", er kratzte sich am Kinn. „Wie soll ich wissen, ob es jetzt passt, ob etwas daraus werden kann?"

„Wenn du willst", Nina lief gerade herein, „übernehmen wir die Einrichtung und den Transfer der Kleidersammlung. Ich halte dich über die einzelnen Schritte und Entscheidungen auf dem Laufenden und dann schauen wir, wohin sich das hier entwickelt?"

„Ich denke, das ist eine gute Idee", Nick atmete erleichtert aus, „so bin ich nicht im Zentrum der Operation und es gibt einen schrittweisen Ablauf. Und solange ich nicht als Aushängeschild benutzt werde. Das hier kann ja ein kreativer Raum für viele sein", er machte eine ausladende Handbewegung.

„Warum nicht", Neev tippte schon wieder auf ihrem Computer herum.

„Was ist denn jetzt mit dem Kleid…", wollte Nick fragen, doch da klingelte sein Telefon.

Er holte es aus seiner Umhängetasche und lief in den Nebenraum.

„Nick?", hörte er am anderen Ende. „Hier ist Juri."

„Alles okay?", fragte Nick mit dünner Stimme. Das hier verhieß nichts Gutes.

„Hast du die Nachrichten gelesen?"

„Nein, was ist passiert? Ist etwas mit Kolja?", rief er mit etwas zu hoher Stimme.

„In Jaku wurden ein paar Whistleblower festgenommen, ich glaube vier Leute. Ich habe versucht alles darüber zu lesen, aber die Informationen sind karg. Ob es die KollegInnen von Kolja waren? Keine Ahnung. Aber ich habe irgendwie kein gutes Gefühl. Was ist, wenn er denkt, dass er der nächste ist? Wann hast du ihn das letzte Mal gesehen?"

„Vor ein paar Tagen und es war alles in Ordnung. Ich hatte sogar das Gefühl, er hätte neuen Mut gefasst."

„Okay", Juri schien zu überlegen. „Ich möchte nach ihm schauen…"

„Ich fahre sofort hin", unterbrach Nick ihn. „Ich sage dir dann Bescheid, okay?"

„Danke", Juri atmete aus. „Ich hoffe, es hat nichts zu bedeuten, aber natürlich weiß ich nicht, wie er auf die Nachrichten reagiert. Wenn seine Weggefährten wirklich verhaftet wurden, dann…"

„Ich fahre jetzt los."

Nick legte auf und lief zurück zu den anderen.

„Ich muss jetzt weg", verkündete er, „es geht um… es ist wichtig…"

„Okay", Neev setzte ein besorgtes Gesicht auf.

„Wir holen die Kleiderübergabe nach, ich nehme das gute Stück solange an mich", sagte Nina.

„Danke. Ich melde mich", er raste los zur Bahn, um die nächste Verbindung zu den Versorgern zu nehmen.

17

Auf dem ganzen Weg, der sich eine Ewigkeit hinzuziehen schien, wirbelten Nicks Gedanken in alle Richtungen. Er hatte Angst, zu spät zu kommen und nur noch den leblosen Körper von Kolja vorzufinden. Machte sich Vorwürfe, dass er gestern nicht nach ihm geschaut, dass er die Nachrichten nicht jeden Tag verfolgt hatte. Ehrlicherweise war das ganze Thema bei ihm komplett in den Hintergrund geraten und er hatte nicht damit gerechnet, aus dieser Richtung noch etwas zu hören. Vielleicht war es Kolja ähnlich gegangen? Vielleicht hatten die neuen Entwicklungen ihn kalt erwischt und er war in Panik geraten und hatte…

Nick schüttelte den Kopf und schaute aus dem Fenster der Bahn nach draußen. Wie schnell die Welt sich manchmal drehte. Er kam da gar nicht mit. Sie waren gerade erst zusammen gekommen, dann die Sorgen um Ruby, neue Räume und neue Kleider und jetzt das. Das Leben machte doch keinen Sinn. Wenn jeden Moment etwas willkürlich Neues passieren konnte, wie sollte man sich da noch auf etwas einstellen können? Jeden Moment konnte einem alles gegeben oder alles genommen werden. Und die ganzen Grautöne dazwischen waren auch da. Sowas erschöpfte ihn. Auch früher hatte er mal Preise gewonnen, dann eine Absage von Modelabeln bekommen, dann einen neuen Auftrag, dann überragende Berichterstattung in den Medien, dann ein Verriss, dazwischen der Tod seiner Mutter nach langer Krankheit, neue Beziehungen, das Zerbrechen von Freundschaften. Ja, es war der Lauf des Lebens, aber Nick war müde davon geworden.

Als er zum Haus von Kolja eilte, war alles ruhig um ihn herum. Es war schon Nachmittag und eine leichte

Sommerbrise wehte ihm um die Ohren. Am Himmel watteweiche Wolken, die sanft dahinzogen. Kein Hinweis auf eine Tragödie. Als er die Tür den Bauernhauses aufstieß, war keine Spur von Kolja. Auch nicht im Bad oder Schlafzimmer. Es war alles etwas unaufgeräumt, aber nicht verwüstet. War Kolja überhaut der Typ, der zu Aggressionen neigte oder fraß er lieber alles in sich hinein? Nick vermutete das Letztere.

Als er vor der Scheunentür stand, fuhr er sich durch die Haare und machte sich auf alles gefasst. Schließlich stieß er die Tür auf und schaute hinein. Strohballen, Rechen und Heugabeln standen wie immer herum, Kolja hing nicht von der Decke. Nick spürte aber keine Erleichterung, irgendwas zog sich nach wie vor in ihm zusammen. Er lief hinein und schaute rechts und links, ob er etwas Ungewöhnliches entdeckte. Als er am anderen Ende des Gebäudes angekommen war, blickte er hinter die aufgestapelten Ballen und entdeckte dort am Boden eine kauernde Gestalt.

Er kniete sich vor Kolja und sah, dass er am ganzen Körper zitterte. Sein Gesicht war unter seinen Armen verborgen.

„Kolja", flüsterte Nick und legte seine Hand auf Koljas Schulter.

„Ich schaffe das nicht", wisperte Kolja nach einer Weile. „Ich dachte, es wäre alles okay, aber jetzt ist wieder alles möglich. Was ist wenn…"

Nick umarmte ihn und legte seinen Kopf auf seine Schulter. Er wusste auch nichts dazu zu sagen. Lange saßen sie zusammen da und irgendwann wurde Koljas Atmung gleichmäßiger, immer mehr sank er in Nicks Arme.

Draußen wurde es dunkler und wegen des fehlenden Lichts konnte Nick nur noch Schemen erkennen.

„Ich kann doch nicht so leben, dass ich bei jeder Nachricht zusammenzucke und um mein Leben bangen muss", Kolja hob seinen Kopf und schaute Nick im Halbdunkeln an. „Als Mai da war, dachte ich, sie wird dafür sorgen, dass die Gefahr gebannt ist, aber nichts und niemand kann mir die Angst nehmen, das habe ich erst jetzt kapiert. Ehrlich gesagt, so kann man nicht leben."

„Shh", sagte Nick und strich über Koljas Nacken, „das musst du auch jetzt nicht, oder? Komm mit, wir gehen rein."

„Was ist, wenn sie in der Nacht kommen, dann bist du auch in Gefahr."

„Waren es deine Freunde, die verhaftet wurden?", fragte Nick stattdessen.

„Nein, meine zwei engen Freunde, die sich auch abgesetzt haben, waren nicht dabei, aber Bekannte aus dem Zirkel. Ich kann mir nicht vorstellen, wie es ihnen geht. Einer hat sich wohl schon das Leben genommen, habe ich aus informellen Kreisen gehört."

„Shit", Nick schüttelte den Kopf. Dann nahm er seinen Computer und schrieb Juri eine kurze Nachricht. „Juri macht sich Sorgen, er hat mich angerufen", erklärte er.

„Du musst nicht…", setzte Kolja an, doch Nick legte seinen Finger auf seine Lippen und schüttelte den Kopf. Dann küsste er ihn kurz.

„Wir sollten wirklich…", Nick zog Kolja hoch und sah jetzt das Seil hinter ihm liegen. Sein ‚letzter Ausweg'-Seil. Er atmete tief ein und aus.

Sie gingen zusammen rein und Nick legte Kolja ins Bett. Während Nick immer wieder wegdöste und vom frühen Aufstehen müde war, rumorte Kolja und stand immer wieder auf, lief herum, schaute aus dem Fenster, seufzte vor sich hin und stützte den Kopf in die Hände.

„Weißt du, ich glaube ich würde es sowieso nie durchziehen", sagte Kolja einmal, es war noch tiefste Nacht und draußen nur der schwache Mondschein zu erahnen. „Bin nicht stark genug dafür. Ich habe nur Angst und brauche einen Ausweg, verstehst du? Sonst kann es nicht so bleiben. Als Mai gesagt hat, dass sie mir garantieren kann, dass niemand hinter mir her ist, da habe ich für eine Zeit Hoffnung und Vertrauen gewonnen. Aber jetzt ist das alles weit weg", er atmete schwer und Nick drehte sich so, dass er über ihm war, ihre Gesichter nur Zentimeter voneinander getrennt.

„Aber immerhin konntest du für einen Moment den Glauben an das Gute entwickeln, oder? Dann schaffst du es nochmal", murmelte er schlaftrunken und versuchte dabei, sinnvolle Gedanken zu formen.

„Ja, aber es kommt mir jetzt so naiv und albern vor. Als wäre Mai aus einem Märchen entsprungen. Im echten Leben gibt es nun mal nicht immer ein Happy End, wie man an den neuen Festnahmen sehen konnte. Im echten Leben kann alles schief laufen und niemand kommt, um einem zu helfen."

„Hmm", Nick kletterte auf Kolja, um ihn ganz zu bedecken, „ich kann verstehen, dass du so denkst, auch wenn ich das noch nie so empfunden habe. Für mich ist das Leben anstrengend und voller Herausforderungen, für die man meistens keine Antwort hat und sobald man eine findet kommt schon das nächste Problem. Aber als völlig aussichtslos würde ich es nicht beschreiben", er legte seinen Kopf auf Koljas Brustkorb, hörte seinen Herz-schlag.

„Vielleicht bin es ich", flüsterte Kolja tonlos, als würde er es selbst nicht hören wollen, „vielleicht lastet ein Fluch auf mir und ich bin dazu verdammt, am Abgrund auszu-harren."

„Okay, und dann?", Nick hob seinen Kopf wieder.

„Ich weiß es nicht. Im Moment ist alles einfach sehr dunkel", seine Stimme klang weit weg.

Nick rutschte etwas nach oben und küsste Kolja. Zu-erst vorsichtig, dann intensiver. Trotz der düsteren Stim-mung war Koljas Reaktion ruhelos und rau. Als wäre er dankbar dafür, sich selbst zu spüren. Dass er noch da war. Noch reagieren konnte und nicht von einem Fluch ge-lähmt sein Dasein fristete. Sie verließen die verbale Ebene und sprachen mit Körpern, Berührungen, ihrer Atmung. Und es war nicht fordernd und ungeduldig, wie das letzte Mal, sondern wie ein gemeinsames Abtauchen in kobalt-blaue Frequenzen und Wellen, in denen sie ein Fallenlas-sen überkam, das nicht befreiend war, sondern von Me-lancholie und einer gemeinsamen Einsamkeit durchzogen war.

-18-

„Du kannst in meiner Wohnung bleiben, wenn du dich da sicherer fühlst", schlug Nick am nächsten Tag vor, als sie bei einem späten Frühstück zusammensaßen.

„Ich weiß nicht", Kolja nahm einen Schluck schwarzen Tee. „Möchte nicht an deinem Rockzipfel hängen wie ein unselbstständiges Kind."

„Okay. Willst du wieder arbeiten gehen?"

„Ich denke schon. Wobei es für die anderen kein Problem ist, wenn ich immer wieder Auszeiten nehme. Ich bin ja noch nicht einmal an das städtische Punktesystem angeschlossen und bekomme keinen Lohn. Nur Lebensmittel zum Selbstversorgen, was mir im Moment völlig reicht."

„Hmm. Hast du dich seit deiner Ankunft eigentlich einmal mit Juri getroffen? Ich meine zum Tee trinken oder so?", Nick biss in sein Marmeladenbrot.

Kolja schüttelte den Kopf und schaute weg.

„Gibt es da ein Problem?"

„Ich will mir von ihm keine Vorträge anhören, wie ich was machen soll. Und er soll sich nicht für mich verantwortlich fühlen. Nur weil er ein geordnetes Leben hat…"

„Weißt du was, ich glaube neuer Input wäre gut für dich. Komm doch erstmal mit mir mit und dann mache ich ein Treffen mit uns allen aus, dann bist du auch nicht mehr in dieser Einsamkeit hier."

„Muss das sein?", Kolja verschränkte die Arme vor sich.

„Ich will Juri auch mal kennen lernen, habe mich in der Stadt bisher auch noch nicht so heimisch gemacht. Das tut uns beiden gut."

Ein paar Stunden später waren sie schon wieder unterwegs in die Stadt. Nick überließ Kolja in seiner Wohnung erstmal sich selbst und machte einen Abstecher in die Kleidersammlung, um die wichtigsten Aufgaben, die in der Zwischenzeit angefallen waren, zu erledigen. Es kamen Leute vorbei, die sich über die ständigen Schließungen des Ladens beschwerten, aber Nick zuckte bloß mit den Schultern und sagte, dass es momentan schwierig wäre, die Öffnungszeiten einzuhalten.

Beim Sortieren der neuen Lieferungen stellte er fest, dass Ruby in der Zwischenzeit hier gewesen sein musste, das beruhigte ihn. Nicht noch jemand, der sich zu Hause verkroch und vielleicht auf dumme Ideen kam.

Dann schrieb er Juri an und erzählte, dass Kolja für ein paar Tage in der Stadt war und ob sie sich mal treffen sollten. Es dauerte keine zehn Minuten, bis eine Antwort kam und sie schon für Übermorgen etwas ausgemacht hatten. Sie würden sich bei Juri im Garten treffen und sein Ehemann Marc und Sohn Petr wären auch dabei. Umso besser, dachte Nick, dann würde Kolja sich nicht wie unter einem Vergrößerungsglas vorkommen. Er freute sich sehr darauf.

„Sollte Juri nicht dein Verbündeter hier in Mela sein?", fragte Nick, als sie zusammen in der Bahn saßen, auf dem Weg zu dem Treffen.

„Ich hab die letzten Jahre alles dafür getan, um nicht in seine Fußstapfen zu treten", seufzte Kolja und zog seine Augenbrauen zusammen, sein Blick driftete nach draußen, „wollte nicht den einfachen Ausweg wählen wie Juri und für mein Land kämpfen, etwas bewirken und verändern, während er es sich im Exil gemütlich machte. Wollte nicht meine persönlichen Belange in die Öffentlichkeit stellen wie er mit seiner Familie. Wollte nicht nur reden und nie handeln wie er", Kolja schloss die Augen und fasste sich an die Nasenwurzel. „Wollte irgendwie den Bezug zur Welt und ihren Problemen nicht verwaschen. Und jetzt habe ich das Gefühl, dass er gewonnen hat. Natürlich, wir standen immer in einer Art Wettbewerb zueinander. Sei es akademisch oder auch im Privatleben. Und dann seine ständigen Angebote, nach Mela zu kommen. Ich habe es am Ende nur angenommen, weil ich mir sonst in Jaku das Leben genommen hätte. Falls das Sinn macht. Und dann hat er mich hier auch noch *so* gesehen. Ich wette er hat jeglichen Respekt vor mir verloren, denkt, ich bin ein abgeschriebener Fall, hat nur noch Mitleid für mich", Kolja schüttelte den Kopf.

„Okay, das verstehe ich. Und was ist, wenn Juri einfach nur ein Freund ist? Bestimmt hat er seine Macken und ihr seid nicht in allen Belangen einer Meinung, aber trotzdem…"

Kolja öffnete wieder die Augen. „Natürlich denkst du das, du siehst immer das Gute in den Leuten. Ich aber kann mit den meisten Menschen nichts anfangen."

„Daran arbeiten wir noch", Nick klopfte ihm auf das Knie. Sie standen auf und stiegen aus. „Aber deine Arbeit als Wissenschaftler willst du nicht mehr aufnehmen?"

„Nee, bin komplett durch damit. Habe jahrelang gegen meine Überzeugungen gearbeitet, um es Maana recht zu machen und unter dem Radar zu fliegen, da war ich so fertig mit dem Bereich, es gibt kein Zurück mehr."

„Hmm", sie liefen durch eine ruhige Straße zu Juris Haus, „geht mir ähnlich. Ich habe zwar nicht einen

weltweiten Konzern ausspioniert, aber die alten Strukturen sind komplett gestorben für mich. Lieber stopfe ich für
den Rest meines Lebens Socken, als noch ein Designer-
Kleid zu entwerfen."

Kolja legte seinen Arm um Nick und zog ihn an sich.
„Ich verstehe nichts davon, aber ich bin froh, dass du lieber eine verschlafene Kleiderkammer leiten willst, als in
deine Heimat zurückzukehren. Ich hätte mir noch vor ein
paar Monaten nicht träumen lassen…", er zeigte auf sie
beide und Nick musste grinsen.

Und dann standen sie auch schon vor Juris Haustür
und klingelten.

„Wunderbar, ihr seid es", jemand Unbekanntes öffnete ihnen. „Ich bin Marc."

Sie stellten sich vor.

„Juri schreibt oben noch einen Text fertig, wie immer", Marc rollte die Augen. „Aber er ist gleich da, macht
es euch schon mal gemütlich."

Sie liefen durch in den Garten, der wild wucherte und
in dessen Mitte ein bereits gedeckter Tisch aufgebaut war.
Marc ging zum Grill auf der Terrasse und wendete das Ge-
müse und allerlei anderes.

„Hab schon viel von dir gehört, Kolja", sagte er dabei,
„schön, dass wir uns mal kennen lernen. Ach ja, das ist
Petr, Juris Sohn", er zeigte auf einen jungen Mann, der aus
dem Haus gekommen war und scheu lächelte. „Seine Frau
Misha müsste auch gleich kommen. Ich hoffe, das ist okay,
irgendwie ist dieses Treffen zu einer Party ausgeartet."

„Misha?", Nick zog die Augenbrauen hoch.

„Hast du sie schon kennen gelernt?", rief Marc über
die Schulter, während er zurück in die Küche ging, um mit
Gläsern zurückzukommen. Petr kam ihm hinterher und

schenkte ihnen Wasser ein. „Es würde mich nicht wundern, sie ist überall und an den schrägsten Orten, stimmts?", er lachte Petr an.

„Wenn du nur wüsstest…", Petr schüttelte den Kopf und warf Marc einen wissenden Blick zu.

„Kolja, wunderbar", Juri kam mit verstrubbelten Haaren durch die Terrassentür und klopfte seinem Freund auf die Schulter. „Komm mal rein, ich muss dir unbedingt einen Text zeigen, den ich diese Woche gefunden habe", er zog Kolja hinter sich her und sie verschwanden beide im Haus.

„Wie hält er sich so?", flüsterte Marc Nick zu, obwohl es keinen Grund für Geheimhaltung gab.

„Puh, ganz okay", Nick zuckte mit den Schultern. „Es ist ein Auf und Ab", er machte mit der Hand eine Wellenbewegung.

„Ich bin froh, dass du bei ihm bist", Marc schaute ihm bedacht in die Augen. „Ich kann mir vorstellen, dass es für dich, da du auch neu in Mela bist… und dann auch noch mit jemanden, der so beladen ist…"

„Menschen aus Jaku scheinen besonders oft am Abgrund zu stehen", warf Petr ein und nahm einen Schluck aus seinem Glas. „Es ist vielleicht schwer zu verstehen, wenn man damit noch nie zu tun hatte."

„Es ist nicht einfach nachzuvollziehen", Nick kratzte sich am Hinterkopf. „Ich weiß nicht, ob ich noch so eine Situation wie diese Woche überstehe. Man kann sich ja auch nicht ständig fragen, ob er sich jetzt was angetan hat, wenn man nichts von ihm hört, nicht? Ist ja auch irgendwie ungesund für eine Beziehung."

„Da hast du völlig recht", bestätigte Marc. „Wir beide haben mit Juri auch schon einiges durch", er zeigte auf sich und Petr. „Nick, du kannst mich jederzeit anrufen, okay? Ich habe immer ein offenes Ohr für dich."

„Danke."

Es klingelte an der Tür und Stimmen kamen aus dem Haus. Nick lief durch den Garten und inspizierte die Pflanzen und Gewächse, während es um ihn herum immer voller wurde. Neev und Misha standen neben einem Haselnussstrauch und beratschlagten sich konspirativ, winkten ihm kurz zu. Schließlich wurde das Essen aufgetischt. Kolja und Juri kamen in ein Gespräch vertieft aus dem Haus, setzten sich dazu und Nick hörte um sich nur Fetzen wie:

„…du glaubst nicht, was er zu meinem Artikel gesagt hat…"

„…vielleicht fahre ich zu dieser Konferenz, du kannst ja mitkommen…"

„…Lea hatte heute keine Zeit, ich sehe sie sowieso kaum noch…"

„…natürlich habe ich die Umbaumaßnahmen schon in Auftrag gegeben…"

„…nächste Woche bin ich im Urlaub…"

Nick beobachtete die chaotische Runde und kaute auf einem knusprigen Stück Brot. Er freute sich, dass Kolja sich endlich überwinden konnte, hierher zu kommen, so ein warmherziges Umfeld war einfach nicht selbstverständlich. Hatte er gerade sogar über einen Witz von Juri gelacht? Mishas Gesicht war auch ganz warm von den intensiven Gesprächen, während Petr eher wie Nick beobachtete und sein Blick von einem Wortbeitrag zum nächsten hüpfte. Marc lief herum und versuchte, alle Wünsche zu erfüllen und immer mehr Essen und Trinken aufzutischen, während Neev leicht überfordert aussah, sie war wohl nicht der Typ für große Runden.

Und als die Schatten immer länger wurden, da landete mit einem Mal eine Gestalt mitten in der Wildblumenwiese neben ihnen, sodass Nick, der direkt daneben saß, fast vom Stuhl gefallen wäre. Sofort verstummten alle Gespräche.

„Sorry, ich wollte nicht groß stören", sie richtete sich auf und klopfte sich Grashalme von den Ärmeln. „Aber ich warte immer noch auf mein Gewand", sie streckte den Arm nach vorne und zeigte auf Nick, der verblüfft das Gesicht verzog.

Das hatte er in dem Durcheinander ganz vergessen. Da niemand sonst etwas sagte, stand Nick auf und räusperte sich.

„Es ist alles nach Wunsch angefertigt", er verbeugte sich leicht vor ihr und verdrehte die Augen.

„Nina wird jeden Moment mit dem Kleid eintreffen", Misha sprang so vehement auf, dass ihr Stuhl nach hinten kippte.

„Wieso hat sie es nicht schon längst ausgeliefert?", flüsterte Nick Misha zu, auch wenn es sowieso jeder hören konnte.

„Weil es dein Projekt war und nur du es übergeben kannst", sie hielt sich die Hand vor den Mund und flüsterte zurück.

„Okay", wisperte Nick, „wusste ich nicht", er zuckte mit den Schultern.

Alle anderen verfolgten die Unterhaltung mit erschreckten Gesichtern.

Und dann stürmte Nina durch das Haus und kam völlig atemlos vor der langen Tafel an, im Schlepptau den

Kleidersack. Nick dachte nicht groß nach, ging zu ihr, nahm ihr das umständliche Paket aus der Hand und deutete ihr, sich zu setzen und einen Schluck Wasser zu trinken. Dann drehte er sich zu Mai und trat näher. Erwartungsvoll schaute sie ihn an. Sie war wohl genuin gespannt auf das Resultat.

Langsam zog Nick den Reißverschluss auf und holte das umständliche Gewand heraus. Es sah immer noch wunderschön aus und er war sehr stolz auf sein Werk. Für einen Moment passierte nichts. Dann streckte Mai ihre Hand aus.

„Darf ich?", fragte sie.

Er nickte, auch wenn er noch nicht ganz bereit war, sich von seinem Werk zu verabschieden. Ihre Finger berührten sich am Kleiderhaken und gleichzeitig trafen sich ihre Blicke. Alles um sie herum schien stehen geblieben und Nicks Herz füllte sich. Dann wirbelte Mai mit einer geschickten Handbewegung das Kleid um sich herum und stand im nächsten Moment in dem Gewand da und Nick konnte nur staunen. Es war nicht dasselbe Kleidungsstück, das er genäht hatte, es war viel strahlender, größer, kräftiger, lebendiger, pulsierender, flüssiger, vielschichtiger. Er staunte über die Schichten um Schichten an Wellen und Flüssen, die sich um Mais Körper wandten, sie umhüllten, sie verwandelten. Sie drehte sich, schaute an sich herab und strich mit den Fingern über den Stoff. Ein breites Lächeln auf dem Gesicht. Und dann breitete sie die Arme und die Flügel aus und stieg eleganter als je zuvor in die Luft und verschwand schneller, als er gucken konnte.

„Wow", sagte Nick bloß und schaute auf den Punkt, wo er sie zuletzt gesehen hatte.

Er konnte immer noch nicht glauben, was passiert war. Als er zu den anderen zurückschaute, sah er in stille, wortlose, bewegungslose Gesichter.

„Nick, das hast du gemacht?", fragte Misha schließlich.

„Sieht ganz so aus", er ging zum Tisch und setzte sich wieder auf seinen Platz. Fühlte sich mit einem Mal erschöpft und kraftlos.

„Das war beeindruckend", sagte Petr und das Gemurmel begann wieder, drehte sich diesmal ganz um die Stippvisite von Mai.

„Ich glaube, ich bin fertig", Nick lehnte sich an Kolja neben sich.

„Ich bringe dich nach Hause", Kolja zog ihn zu sich.

19

„Du hast gar nicht erzählt, dass du *so etwas* für Mai genäht hast", sagte Kolja am nächsten Morgen, als sie nebeneinander aufgewacht waren.

Nick konnte sich an den Rest des Abends nur noch vage erinnern. Zum Glück hatte Kolja ihn begleitet, irgendwie war alle Kraft aus seinen Armen und Beinen gewichen und er war halbtot ins Bett gefallen.

„Ich habe auch nicht gewusst, dass ich sowas nähen kann", murmelte er. „Das muss der Einfluss von Mela sein. Irgendetwas komisches ist mit mir passiert", er hielt seine Hände vor sich und drehte sie hin und her.

Kolja lachte und verstrubbelte seine Haare. Nick versuchte sich zu rächen und sie rangelten miteinander, wobei Nick keine Chance hatte, weil Kolja viel kräftiger war. Es endete damit, dass er Nicks Hände fixierte und dieser sich nicht bewegen konnte. Nick schloss die Augen und lachte vor sich hin. Schließlich wurde Koljas Griff lockerer.

„Ich fahre gleich zurück aufs Land", verkündete dieser.

„War das okay, gestern mit Juri und so?"

„Ich weiß gar nicht, wieso ich das so lange hingeschoben habe", seufzte er. „Juri ist wirklich ein prima Kerl. Und er hat eine tolle Familie und Freunde. Beneidenswert."

„Hmm", stimmte Nick ihm zu. „Aber ich brauche gar nicht mehr so viele Leute um mich herum. Ein paar wenige seltsame Gestalten reichen mir", er lächelte Kolja an.

„Ist das so?"

„Und wo wir gerade dabei sind", Nick richtete sich auf. „Heute schaue ich bei Ruby vorbei. Ich muss wissen, ob alles okay ist."

„Mach das."

Nachdem sie sich verabschiedet hatten und Nick auf dem Weg zur Kleidersammlung war, änderte er seinen Kurs und steuerte die Wohnung von Ruby an. Irgendwie war dieser Tag anders, dachte er beim Durchstreifen des Himmels, der Bäume, die am Straßenrand wuchsen und des Horizonts, der mit Wohnblöcken gefüllt war. Einerseits war sein Schritt federnder und leichter, nachdem er das große Projekt gestern endlich zum Abschuss gebracht hatte. Andererseits war da ein flaues Gefühl im Bauch, weil er nicht wusste, was ihn bei Ruby erwarten würde.

Als er in ihrer Straße, die ganz in der hintersten Ecke des Stadtteils lag, ankam, zählte er die Hausnummern durch. Die Häuser wurden immer kleiner, bis sie nur noch einstöckig waren und verwachsener, weniger gepflegt. Er lief langsamer und am Ende der Straße war da noch ein windschiefes Hüttchen, das kaum zu sehen war.

Nick kratzte sich am Kopf, lief zur hölzernen Haustür, an der schon vor Jahren der Lack abgeblättert war und suchte eine Klingel oder ein Namensschild, aber es gab nichts dergleichen. Er war sich ziemlich sicher, dass hier niemand wohnte. Trotzdem klopfte er mal. Zuerst vorsichtig, dann etwas stärker.

„Ruby, bist du da?", rief er und fühlte sich albern dabei.

Wenn das Haus wirklich unbewohnt war, dann tat er etwas sehr Merkwürdiges.

Als er nach einer Weile Schritte hörte, zuckte er kurz zusammen. Hoffentlich kam jetzt kein alter Mann heraus, der ihn mit einer Schrotflinte bedrohte oder so.

„Nick, bist du das?", rief Ruby hinter der Tür.

„Ja, ich hab dich schon ein paar Tage nicht auf der Arbeit gesehen, ist alles okay?"

„Alles bestens."

„Müsstest du nicht jetzt in der Schule sein?"

„Ich erarbeite mir die Inhalte von zu Hause aus. Und in ein paar Wochen sind sowieso Ferien."

„Kannst du nicht aufmachen?"

Es entstand eine längere Pause, während der Nick nur die Vögel zwitschern hörte, die ein reges Leben in Rubys Garten führen mussten. Vielleicht stimmte es und sie lebte hier ohne ihre Eltern. Was wohl aus ihnen geworden war?

„Ich muss wieder zu meinem Distanzunterricht", kam es schließlich wenig überzeugend von der anderen Seite.

„Warte", Nick war jetzt ganz nah an der Tür. „Du musst mir nicht erzählen was los ist. Aber es gibt etwas, was ich dir sagen wollte. Ich brauche dich."

„Wofür?", schnaubte sie.

„Es ist mir etwas unangenehm das einzugestehen", er versuchte möglichst ernst zu klingen, vielleicht sogar verzweifelt. „Aber zum einen würdest du nicht glauben, wie meine Nägel aussehen", er hielt sie vor sich und drehte die Hände. „Das Blau ist nicht mehr so schön wie es war und ich kann mich auch gar nicht für eine neue Farbe entscheiden."

„Ach was Nick, habe ich dir nicht schon längst versucht klar zu machen, dass ich das viel besser kann als du? Siehst du es jetzt endlich ein?"

„Absolut", er biss sich auf die Lippe, da er nicht sicher war, ob das jetzt ernst war oder ein freundschaftliches Necken.

„Naja, und dann gäbe es da noch so ein klitzekleines Problem…", er fuhr sich mit beiden Händen über T-Shirt und Hose, „ich habe ja nur zwei Outfits mit nach Mela gebracht und so langsam sehe ich ein, dass das mit der Fußballkarriere nichts mehr wird. Kurzum, ich brauche etwas Neues zum Anziehen."

„Und da bist du nicht auf die Idee gekommen, dass du direkt an der Quelle sitzen könntest?", fragte sie mit überheblichem Tonfall.

„Hab alles durchsucht, war nichts dabei."

Ruby lachte und Nick spürte, wie sein Herz dabei schneller schlug. Es hörte sich wunderschön an.

„Was ist mit deinen Nähkünsten, sind dir deine Hände mit einem Mal abgefallen?", fragte sie, immer noch kichernd.

„Hab alle Ideen aufgebraucht. Du weißt, dieses Projekt für Mai? Bin seitdem kreativ ausgebrannt", er seufzte überdeutlich, um seinen Punkt zu unterstreichen. „Du musst etwas für mich nähen und zwar sofort, sonst muss ich wohlmöglich in Unterwäsche…"

„Du würdest es sogar machen, stimmts?", unterbrach sie ihn.

„Wenn ich keine andere Wahl habe", sagte er unschuldig.

„Okay, ich sehe, es handelt sich um einen Notfall. Schick mir deine Maße und ich mache mich daran. Halte solange noch durch, Hilfe naht."

„Danke. Und Ruby?"

„Hmm?"

„Es ist schön, deine Stimme zu hören."

„Werd nicht pathetisch."

„Hast du auch wieder recht. Bis bald."

„Bis bald."

20

Die Gestaltung der neuen Räume kam ganz gut voran. Fast jeden Tag bekam Nick ein Update von Neev zu der Einrichtung und dem Zeitplan.

„Im obersten Stockwerk des Hauses wird bald eine Zwei-Zimmer-Wohnung frei, möchtest du sie haben?", schrieb sie ihn einmal an.

Er war einverstanden. In seiner aktuellen Wohnung war er nie heimisch geworden und auch wenn er nicht wusste, ob er dort sein Glück fand oder mit Kolja woanders hinziehen würde, ein Versuch war es wert.

Währenddessen sortierte er in der alten Kleidersammlung alle Ladenhüter aus und beauftragte einen Abtransport ins Recycling. Dabei war er immer zu sehr unregelmäßigen Tages- und Nachtzeiten dort, aber Ruby lief er nicht über den Weg. Dennoch, im Nähzimmer schien sich etwas zu tun, immer wieder stand die Nähmaschine anders oder es war mal blaues, dann rotes Garn eingefädelt. Nick kümmerte sich nicht weiter darum. Er hatte nicht gelogen, als er gesagt hatte, dass er keine Naht mehr zustande bringen würde, sein Kopf war immer noch völlig frei von Ideen oder Motivation, sich an eine Nähmaschine zu setzen.

„Ist es okay, wenn wir hier die Umkleide einrichten?", fragte Neev ihn eines Abends, als sie sich zum Austausch trafen und durch die noch fast leeren Räume wanderten.

„Das ist eine gute Ecke dafür", stimmte Nick ihr zu.

Für Inneneinrichtung hatte er sich noch nie interessiert und war froh, dass sie diesen Part übernehmen konnte.

„Alles klar. In drei Tagen würden wir mit dem Umzug beginnen", sie tippte wieder auf ihrem Computer herum.

„Ich kann das Einräumen übernehmen. Dann weiß ich auch gleich, wo was ist."

„Und dann ist auch schon die Neueröffnung", sie schaute auf und grinste ihn an.

„Können wir keine große Sache daraus machen?", er kam zu ihr rüber und stellte sich ihr gegenüber. Sie waren ziemlich genau gleich groß, was Nick angenehm fand. Irgendwie überragten fast alle anderen in Mela ihn um einen halben oder ganzen Kopf: Kolja, Mai, Juri und Marc, Petr, selbst Ruby war schon jenseits seiner Körpergröße.

„Warum?", Neev steckte den Computer ein und legte ihren Kopf schief. „Es ist doch ein Grund zum Feiern, dass wir aus dieser lange vernachlässigten Sache endlich was schönes Neues machen, oder? Dann kann auch die ganze Stadt erfahren, dass…"

„Können wir dann zunächst eine kleine Eröffnung machen, bei der ich dabei bin, sozusagen eine interne Veranstaltung? Und danach kann man ja an die Öffentlichkeit gehen. Das wäre für mich ein Kompromiss. Es tut mir leid, diese großen Veranstaltungen sind mir ein Graus. Wenn ich nur noch ein belangloses Gespräch dabei führen muss, dann explodiert mein Kopf oder so."

„Okay, klar. Machen wir erstmal eine kleine Sache draus. Ich schaue nach einem Termin und melde mich. Und Nick?"

„Hmm?"

„Danke", sie drückte kurz seine Schulter. „Ich hab das Gefühl, durch deinen Einsatz blüht die Stadt gerade wieder voll auf, so wie ich sie sonst noch nicht gesehen habe, sie wird bunter und lebendiger", Neev drehte sich durch den leeren Raum, „und ich glaube, da wird noch einiges kommen, das ist erst der Anfang."

Nick zuckte mit den Schultern. „Mal sehen."

Als er an diesem späten Abend zur Bahnhaltestelle lief, um zu Kolja zu fahren, kam er an der Stelle vorbei, wo er das letzte Mal Frederick getroffen hatte und fragte sich, was dieser wohl so machte. In letzter Zeit hatte er nichts mehr von ihm gehört. War seine Wut auf Mai mittlerweile verraucht? Konnte er ein normales Leben wieder aufnehmen? Oder hatte seine selbstzerstörerische Lebensweise ein tragisches Ende gefunden? Nick wunderte sich, dass er so viele Leute kannte, die keinen gradlinigen Weg gingen und bei denen er nicht sicher war, ob sie die Kurve noch kriegen würden. Das war früher definitiv anders gewesen. Da hatten er, seine FreundInnen und Bekannte ein prestigeträchtiges Leben geführt und selbst wenn sie irgendwelche schwerwiegende innere Kämpfe durchzustehen hatten, so fand das meistens im Verborgenen statt, damit niemand von ihnen sein Gesicht verlieren konnte.

Müde ließ er sich auf einen Fensterplatz der leeren Bahn fallen und schaute nach draußen. Fetzen von Gesprächen und Eindrücken spukten noch in seinem Kopf herum, während die Bahn langsam die Stadt hinter sich ließ und die Felder und Wälder in der roten Abenddämmerung bereits in Sicht kamen.

Nick war gerade am Wegdösen, als in unmittelbarer Nähe eine Gestalt vom Himmel fiel und in einem Gebüsch landete. Nick sprang sofort auf und schaute auf die Stelle, wo die Person aufgekommen sein musste. Auf die Schnelle konnte er weitere Bewegungen erkennen. Ohne Nachzudenken betätigte er Nothalt der Bahn, öffnete die Türen und sprang heraus. Mit einem Piepen blieb die Bahn hinter ihm, während er durch wild wuchernde Brombeeren und Brennnesseln stürzte.

Dann hörte er Schüsse. Nick warf die Arme um seinen Kopf und rollte sich zu einem Päckchen im Unterholz zusammen, rührte sich nicht. Sein Herz klopfte so laut, dass er Angst hatte, jeder im Umkreis von fünf Kilometern könnte es hören. Seine Atmung war so schnell und unkontrolliert und er versuchte sie verzweifelt unter Kontrolle zu bekommen, um nicht entdeckt zu werden.

Von irgendwoher kamen Stimmen. War das Mai, die schimpfte? Er bewegte seinen Kopf leicht, um mehr zu hören. Und dann folgten zwei weitere Explosionen, die aber nicht wie Schüsse klangen. So genau konnte er es nicht sagen, solche Szenarien gehörten nicht zu seinem Alltag. Nick zog den Kopf wieder ein und hielt weiter still. Was da auch immer vor sich ging, er wollte jetzt doch keinen Anteil daran. Eine längere Zeit tat sich nichts mehr und Nick spürte langsam die tausend Kratzer, die über seinem ganzen Körper verteilt sein mussten, brennen. Und sein Outfit war somit bestimmt auch komplett hinüber. Ruby musste sich beeilen. Wenn er bis dahin nicht in merkwürdigen Bandenkriegen oder sowas niedergestreckt wurde.

Schließlich hörte er Schritte, jemand zog das Gestrüpp um ihn zur Seite und eine Gestalt tauchte über ihm auf. Wegen der Dunkelheit konnte er nicht erkennen, wer es war. Nick fühlte sich wie ein Rehkitz in einem Versteck.

„Nick?", sagte eine vertraute Stimme. Es war Mai. Er atmete erleichtert aus.

„Was ist passiert?", krächzte er und richtete sich auf.

„Komm, wir holen dich da mal raus", sie reichte ihm die Hand und er nahm sie dankbar an.

Sie liefen ein paar Schritte zu einer Lichtung und Nick klopfte sich den Wald ab. In dem schwachen Licht konnte er erkennen, dass Mai auch mitgenommen aussah. An der Schulter war sogar eine Wunde von einem Streifschuss, langsam tropfte Blut heraus.

„Mai…", rief er und nahm ihren Arm. „Soll ich dich verbinden?"

„Das ist schon okay", sie warf einen kurzen Blick auf die Verletzung. „Aber erklär mir mal, was du hier machst?", sie klang wütend.

„Ich habe gesehen, wie du vom Himmel gefallen bist", erwiderte er trotzig und zeigte nach oben. „Wollte dir helfen."

„Das ist sehr ehrenhaft", sie klang etwas versöhnlicher. „Danke. Wie du siehst ist alles in Ordnung. Komm, ich bringe dich zu deiner Bahn und dann kannst du deine Fahrt fortsetzen", sie nahm ihn am Unterarm und zog ihn hinter sich her.

Nick lief ein paar Schritte, blieb dann aber stehen.

„Ich will wissen, was passiert ist. Was waren das für Schüsse? Waren sie hinter dir her?"

„Du musst dir keine Sorgen machen", seufzte sie und Nick sah erst jetzt, dass sie in ihrer anderen Hand ein Schild aus einem dunklen Metall hielt, das verdammt cool aussah.

„Bist du… bist du… so eine Art…", ihm fehlten die Worte.

„Mach dich nicht lächerlich", winkte sie mit dem verletzten Arm ab, zuckte aber kurz vor Schmerz zusammen und hielt sich die Schulter.

117

Nick schaute sich um und entdeckte weiter weg zwei leblose Körper. Sofort lief er dorthin, während Mai hinter ihm her schimpfte. Als er dort ankam sah er zwei Männer in unnatürlich verschränkten Positionen, sichtlich tot, aber ohne Schusswunden. Dafür lagen neben ihnen zwei Schusswaffen.

„Was…", krächzte Nick bloß bei dem Anblick.

„Das wird wieder so viel Arbeit, diese hier zu beseitigen. Zum Glück gibt es in Mela eine Verbrennungsanlage. Aber die hier aus dem nichts dorthin zu schaffen, das wird eine tolle Beschäftigung sein", sprach sie mehr zu sich selbst.

Nick kniete sich und betrachtete die beiden Männer näher. Ihre kantigen Gesichter und fehlenden Haare auf dem Kopf, ihre dunklen Jacken und kurzen Fingernägel und Narben an Hals, Ohren, Händen…

„Sind das Auftragskiller von Maana, um Kolja aus dem Weg zu schaffen?", fragte er mit belegter Stimme.

„Du hast eine blühende Phantasie", lachte Mai, aber es klang aufgesetzt.

„Sind sie gekommen, um…", er richtete sich wieder auf und schaute ihr direkt in die Augen.

„Ich habe gesagt, Kolja ist sicher", sie trat an ihn heran und ihre Gesichter berührten sich fast, „und ich werde mein Wort halten, verstanden?", ihre Stimme war jetzt scharf.

„Also ist es wahr…", er zeigte auf die zwei Männer, auf die Richtung des Bauernhauses von Kolja, auf Mai, auf Mela.

„Pass mal auf Nick", sie verengte ihre Augen und etwas mesmerisierendes lag darin. „Kolja darf davon niemals erfahren, okay? Du weißt, was diese Information mit ihm machen wird."

„Ich kann so ein großes Geheimnis nicht für mich behalten", rief Nick etwas verzweifelt.

„Uh", machte Mai bloß und sank etwas in sich zusammen. „Menschen... Warum musstest du bloß... es war wohl Schicksal, also fügen wir uns."

„Was?"

„Weißt du was, ich muss jetzt los, meine Wunde versorgen. Wir bringen dich zu Kolja und sehen dann weiter", sie lief vor über ein nahegelegenes Feld.

„Wie hast du überhaupt...", er lief ihr nach. „Diese Männer zur Strecke gebracht?"

„Meine besonderen Kräfte", sie schwenkte ihre Hände vor ihm.

„Und woher hast du die?"

„Das, mein Lieber, ist eine ganz lange Geschichte."

„Okay", Nick hielt in diesem Moment alles für möglich.

„Aber es sind nicht nur meine Kräfte", sagte Mai nach einer Weile, „es ist dein Kleid, Ninas Schild, diese ganze Stadt hält dich und mich zusammen. Aber das ist sicher schwer zu verstehen."

„Werden noch mehr solcher Leute kommen?" fragte er und zeigte nach hinten.

„Das weiß niemand. Aber mach dir keine Sorgen. Niemand weiß, was passieren wird. Es kommen mal solche, dann wieder solche Leute. In dem Moment, in dem man glaubt, alles verstanden zu haben, passiert etwas unerwartetes und auf einmal dreht sich alles und neue Zusammenhänge ergeben sich. Aber ich spüre die Gefahr und versuche sie abzuwenden."

Mit einem Mal standen sie vor Koljas Haus.

„Danke", sagte Nick. „Es muss nicht einfach sein diese Aufgabe zu erfüllen und so viele Menschen zu beschützen."

„Du hast ja keine Ahnung", sie trat wieder an ihn heran und beugte sich zu ihm runter, „es ist mir eine Ehre und die beste Bestimmung, die ich je hatte", flüsterte sie in sein Ohr, zwinkerte ihm zu und flog davon.

21

„Nick, wie siehst du denn aus?", Kolja kam verschlafen aus dem Haus. „Ich wusste doch, dass ich etwas gehört habe. Was zum Henker ist mit dir passiert?"

„Bin in ein Gestrüpp gefallen", immer noch perplex lief Nick ins Haus, um das, was von seiner Kleidung übrig geblieben war, loszuwerden. „Hast du ein paar Pflaster?"

Kolja kam hinter ihm her, schloss die Tür, schaltete das Licht an und holte Verbandszeug.

„Du siehst aus, als hättest du ein Gespenst gesehen", murmelte er, kniete sich vor ihn und begann Wundspray auf Nicks Beine zu verteilen. „Und seit wann und vor allem wo fällst du in wilde Brombeerhecken?"

„Ähh", machte Nick bloß und versuchte seine Gedanken zu sortieren. „Mai ist vom Himmel gestürzt, als sie versucht hat, zwei Leute, die dir an den Kragen wollten, zu beseitigen. Was ihr schließlich gelungen ist, sie liegen tot in deinem Feld. Aber ich wollte ihr dummerweise helfen, weil ich dachte, sie wäre in Not, war sie dann aber nicht", er zupfte gedankenverloren einen Dornenzweig aus seinem Haar.

„Was?", Kolja ließ alles fallen und starrte ihn an.

„Es tut mir leid", Nick riss die Hände hoch. „Mai hat gesagt, ich dürfte es nicht verraten, weil du dann wahnsinnig werden würdest, wirst du aber nicht, oder?", er legte seine Hand auf Koljas Schulter.

„Ich wusste es", murmelte Kolja bloß und schüttelte den Kopf.

„Komm her" Nick begab sich auf den Boden und umarmte Kolja. „Du vertraust Mai, oder? Sie hat gesagt, du bist in Sicherheit. Und es ist auch nicht klar, dass da noch jemand kommt."

„Ich… ich…", sagte Kolja tonlos, „ich bin irgendwie erleichtert. Dass ich mir das alles nicht eingebildet habe. Dass es eine reale Gefahr gab oder gibt. Das ist irgendwie einfacher zu akzeptieren als die tausend Katastrophenszenarien, die in meinem Kopf herumgeistern."

Und dann fing er an zu weinen und hörte für eine lange Zeit nicht auf und Nick wusste nicht, was er dazu sagen sollte.

„Hast du überlegt, auszureisen und dich irgendwo anders zu verstecken?", fragte Nick, als die Sonne gerade den Horizont heraufkroch. Sie hatten kein Auge zugemacht, aber bisher auch noch nicht viel gesprochen.

Kolja schüttelte den Kopf. „Möchte nicht auf der Flucht sein und dann finden sie mich doch noch. Dann bleibe ich gleich hier. Außer, du fändest das für dich zu gefährlich?"

„Ich habe schon ein mulmiges Gefühl", Nick verzog das Gesicht. „Aber andererseits… mich kann man schlecht mit dir verwechseln, wir sehen uns gar nicht ähnlich."

„Immerhin kamen sie bewaffnet", er nahm einen Schluck vom grünen Tee, „das heißt, sie wollten mich einfach nur abknallen und nicht nach Jaku mitnehmen und dort ins Arbeitslager werfen, meine größte Angst, wie du weißt."

„Das ist irgendwie eine makabre Sichtweise, aber okay", Nick zuckte mit den Schultern. „Lass uns lieber gleich in die Stadt fahren, irgendwie fühle ich mich da sicherer als hier in der Einsamkeit", er schauderte und schaute sich um, als ob gleich jemand reinstürmen würde.

Kolja nickte. „Ich werde nochmal mit Juri sprechen. Vielleicht hat er weitere Ideen zur Bewertung meiner Sicherheitssituation. Was meinst du, wie sie mich gefunden haben? Ach, es ist ja auch egal."

„Vielleicht haben sie dich gar nicht gefunden, sondern waren nur auf gut Glück hier. Immerhin waren sie ein paar Kilometer von dir entfernt und nicht vor der Haustür."

„Noch nicht. Und wer weiß, wenn Mai das nächste Mal nicht schnell genug ist…"

„Hmm", stimmte Nick ihm zu. „Alles ist möglich."

Sie packten ein paar Sachen, Nick zog eine übergroße Hose von Kolja an, die auf dem Boden schleifte und machten sich dann auf den Weg in die Stadt.

22

„Nick, wir machen morgen den Umzug, willst du dabei sein?", Neev rief ihn nachmittags an und Nick fühlte sich so verstrahlt wie schon lange nicht mehr. Immerhin, in seiner Wohnung hatte er ganz gut geschlafen und fühlte sich einigermaßen sicher.

„Ich weiß nicht", gähnte er und setzte sich an den Rand des Bettes. Verdammt, seine Arbeitszeiten waren so dermaßen durcheinander geraten, dass er hoffte, dass ihn niemand feuern würde. Er brauchte den Job.

„Mai hat mir erzählt, was passiert ist", flüsterte Neev ins Telefon und Nick musste jedes Mal lächeln, wenn diese Geheimnistuerei losging, es war irgendwie liebenswert. „Bist du geschockt, verwirrt, verzweifelt? Und Kolja natürlich auch?"

„Ähh", machte Nick und versuchte einen vernünftigen Gedanken zu formen. „Von allem etwas. Kolja ebenso", er schaute hinter sich auf Kolja, der die Augen geöffnet hatte und auf dem Bett lag, ihn beobachtete.

„Ich weiß nicht, ob du Ninas Geschichte kennst, aber sie wurde auch von den Maana-Schergen verfolgt und beschossen. Vielleicht wäre es sinnvoll mit ihr zu sprechen? Es ist nur eine Idee."

„Hmm, warum nicht. Ich werde sie mal kontaktieren. Ansonsten, wenn du mich unbedingt beim Umzug brauchst, dann sag mir Bescheid und ich komme. Ansonsten würde ich mich erstmal neu sortieren."

„Natürlich. Nimm dir alle Zeit, die du brauchst."

Sie verabschiedeten sich und Nick ließ sich zurück aufs Bett fallen. „Ich glaube, ich gehe erstmal duschen."

Zwei Stunden später kam eine Nachricht von Nina, dass sie sich abends beim Lagerfeuer treffen sollten und Nick hatte wohl keine andere Wahl, als zuzusagen.

Nachdem sie etwas gegessen hatten, machten sie sich schließlich auf den Weg und Nick fühlte sich schon wieder vage optimistisch, denn das Leben nahm erneut seinen Rhythmus auf.

„Was ist das für eine Versammlung?", fragte Kolja.

„So ein paar gechillte Leute und ein Lagerfeuer. Keine Ahnung, ich war auch erst einmal da. Hast du schon mit Juri gesprochen?"

„Nee", Kolja setzte ein nachdenkliches Gesicht auf, „ich möchte ihn nicht beunruhigen. Ich weiß, was du sagen willst", er hob die Hand, bevor Nick etwas äußern konnte, „ich sollte mich mit ihm austauschen und beraten. Aber", er hielt die Hand noch einmal vor sich, als würde er vor Gericht eine Verteidigungsrede halten, „du hast nicht mitbekommen, wie Juri damals durchgedreht ist, als jemand hinter ihm her war. Ich habe es auch nicht hautnah miterlebt. Aber es muss wohl krass gewesen sein. Er hat sich in der Kanalisation versteckt und Teile seines Gedächtnisses verloren. Naja, ich will nicht, dass das ihn wieder triggert."

„Verstehe ich", atmete Nick aus, „das klingt furchtbar, absolut. Aber er weiß schon von deiner Situation. Und vielleicht ist er nicht so zerbrechlich, wie du denkst. Du könntest die Lage nutzten, um eine engere Beziehung zu ihm zu knüpfen, statt dich zu verschließen."

„Bei dir klingt das immer so einfach", grummelte Kolja.

Als sie in dem Hinterhof ankamen, konnte Nick auf den ersten Blick Nina noch nicht entdecken und setzte sich mit Kolja auf einen der Baumstämme. Es war so gar nicht kalt, aber das Feuer war trotzdem sehr angenehm, Nick wurde von ihm gleich in den Bann gezogen.

Als er sich umschaute, sah er ein paar unbekannte Gestalten auf den anderen Sitzgelegenheiten, aber es waren auch noch viele Plätze frei. Nach ein paar Minuten stand einer der anderen auf und ging auf Kolja zu.

„Hey, wir kennen uns noch nicht. Ich bin Sergej, genannt Serg", sagte er und streckte Kolja die Hand aus, „ich hab von den anderen aus der Jaku-Community schon gehört, dass du jetzt hier bist und wollte mich mal vorstellen."

Serg war groß, hatte einen dichten Bart, war breit gebaut und hatte eine warmherzige Ausstrahlung.

Kolja nahm seine Hand. „Wie hast du mich erkannt?", fragte er leicht alarmiert.

„Naja, an deinem…", Serg zeigte auf Koljas Gesicht und Hemd und lachte. „Wer mit so einem ernsten Gesichtsausdruck herumläuft, kann ja nur aus Jaku sein."

Kolja lächelte das kleinste Lächeln und schaute zu Nick. „Das ist Nick", sagte er und Serg und er stellten sich nochmal vor.

„Wenn du dich mal abreagieren willst", erzählte Serg, „ich leite einen Boxclub, da kannst du immer vorbeikommen. Misha, vielleicht kennst du sie, kommt auch regelmäßig. Wir Leute aus Jaku haben viele verborgene Aggressionen", lachte er wieder sein Bärenlachen.

„Hallo Leute", jemand Neues kam zu ihnen und Nick erkannte ihn als Kaal, Ninas Freund. „Nina wird gleich da sein. Es gibt mal wieder irgendwelche Notfälle mit…", er zeigte in eine vage Richtung und Nick wartete, dass der Satz weiterging, aber es passierte nie.

„Ich hab schon gehört, du hast mit deinen Nähkünsten ganz schön Eindruck hinterlassen", sagte Kaal zu Nick und dieser lächelte höflich.

„War gar nicht meine Absicht", sagte er schließlich und mit einem Mal fragte er sich, ob von jetzt an und erst recht mit der Eröffnung des neuen Kleiderzentrums jedes Gespräch so laufen würde. Ohne es zu merken kam er aus seinem verborgenen Versteck wieder an die Oberfläche und kümmerte sich wieder um die Meinungen der anderen über ihn. Vielleicht könnte er jetzt einwerfen, dass er Experte in theoretischer Physik wäre oder so, um das Schiff nochmal rumzureißen, seinen Kurs zu ändern.

„Es funktioniert nur, wenn niemand hinschaut", sagte er schließlich und beobachtete aus dem Augenwinkel, wie Kolja und Serg tief in ein Gespräch vertieft um das Feuer wanderten.

„Wie meinst du?", fragte Kaal und kratzte sich am Kinn.

„Kennst du das, wenn man in einen Flow gerät und die verrücktesten Dinge dabei herauskommen?"

„Ich spiele Keyboard in einer Band, also ja, ich kenne das, das ist der ganze Clou von Kreativität."

„In meinem Job früher als Designer hatte ich das nicht mehr. Wie wenn Bands immer erfolgreicher werden und ihren Spirit verlieren."

Kaal lachte zustimmend.

„Und dann bin ich nach Mela gekommen, um den Funken wieder zu suchen", Nick gestikulierte mit seinen Armen, als würde er durch eine enge Höhle kriechen. „Und dann habe ich ihn wiedergefunden und jetzt…"

Kaal nickt, jetzt wieder ernst. Dann atmete er tief ein und aus. „Lustig, das sagt Marc immer, er ist Gitarrist und Sänger in unserer Band…"

„Natürlich."

„… in der Zeit zwischen unseren Platten vergessen und verlieren wir uns in anderen Sachen, sodass das ganze Drumherum wie Presse, Interviews, Videos, Auftritte, Touren, komplett in den Hintergrund geraten und unwichtig werden. Und dann finden wir uns wieder und suchen zusammen nach der Musik. Und es findet sich dann immer etwas Neues. Dann, wenn niemand hinschaut."

Sie blickten sich an und Nick war so froh, das zu hören. „Hey, danke", sagte er und klopfte Kaal auf die Schulter. „Ich muss mehr aus dem Untergrund heraus arbeiten oder sollte mich doch mit theoretischer Physik beschäftigen, als Gegengewicht."

„Oder du machst es wie Mai und flatterst gleich weg, wenn Leute dich nach deinen Fähigkeiten fragen."

„Moment mal, das ist gar keine schlechte Idee", Nick tippte sich an die Oberlippe, „das ist es. Jetzt mal im Ernst, das ist wahrscheinlich die Lösung…"

„Was ist die Lösung?", Nina kam jetzt zu ihnen und schaute sie beide neugierig an.

„Etwas, woran ich gerade arbeite", Nick machte eine diffuse Bewegung in die Luft. „Anscheinend müssen wir alle unsere Spuren verwischen, müssen an unsichtbaren Fäden ziehen, um unentdeckt zu bleiben, müssen unsere Kräfte transformieren und andere verwandeln, um selbst verwandelt zu werden", er seufzte.

Nina hob die Augenbrauen und schaute zwischen Kaal und ihm hin und her.

„Nina weiß genau, wovon du sprichst", sagte Kaal schließlich, „sie ist oft genug in geheimer Mission unterwegs, um etwas Neues zu kreieren, aber es darf bloß keiner merken."

„Du auch?", Nick riss die Augen auf. „Ist denn die ganze Stadt voll von merkwürdigen Kreaturen?"

„Auf die ein oder andere Weise", antwortete Nina. „Aber jetzt mal zu den ernsten Dingen. Kolja ist in Gefahr? Das ist nicht gut", sie verschränkte die Arme vor sich. „Mai tut was sie kann als Schutzpatronin der Stadt, aber ich denke es wäre dennoch nicht verkehrt, wenn er erstmal untertauchen würde."

„Und wo?"

„Als sie hinter mir her waren", Ninas Blick verschwand hinter Nick in der Ferne, „habe ich mich im Wald versteckt bis sie ihr Interesse an mir verloren haben. Es war furchtbar. Letztendlich haben Misha und Neev mich da rausgeholt. Das würde ich nicht empfehlen. Aber vielleicht kann er alle paar Tage seinen Aufenthaltsort ändern und dann schauen wir weiter. Ob es weiterhin verdächtigte Aktivitäten in und um Mela herum gibt."

„Aber wo soll er hin?"

„Wir stellen einen Plan zusammen. Er bleibt mal bei uns, dann bei Juri, bei Misha und Petr und so weiter. Sollte nicht mehr bei den Versorgern arbeiten, da ist er zu sehr eine Zielscheibe. In der Stadt würden zwei Angreifer aus Jaku schnell auffallen", sie zwirbelte eine Strähne an ihrem Haar. „So kann er auch mal die Stadt kennen lernen und sich überlegen, was ihn so interessiert. Man muss das alles positiv sehen."

„Ich glaube Kolja liebt seine Selbstständigkeit", warf Nick ein. „Aber es ist wahrscheinlich die beste Lösung. Gibt es denn Neues von Maana, in den Nachrichten?"

„Seit dem Datenleak brodelt es wohl gewaltig in dem Konzern", sagte Nina nicht ohne Freude. „Aber sie werden es sich auch überlegen, wie viel Energie sie darauf verschwenden, einer einzelnen Person quer durch den Globus hinterherzujagen, vor allem, wenn von demjenigen keine unmittelbare Gefahr mehr ausgeht. Solange Kolja unter ihrem Radar fliegt, sollte er in Sicherheit sein", sie rümpfte die Nase und Nick konnte nicht anders, als überzeugt zu sein. Nina hatte so etwas Trockenes und Faktisches an sich. Er musste das nur noch Kolja verklickern.

„Lass uns in Kontakt bleiben, ja?", fuhr Nina fort. „Wir reichen ihn solange herum wie einen Cousin von Übersee, bis er selbst nicht mehr weiß, woher er kam und wohin er gehen wollte."

„Hast du gehört?", Nick sah Kolja zu ihnen kommen.

„Das letzte habe ich sehr wohl mitbekommen. Ist das der Plan? Klingt ja verlockend", brummte er, aber es war keine Schärfe in seiner Stimme.

„Ich beneide dich ein bisschen", Nick legte seinen Arm um ihn. „Du darfst jeden Tag neue Leute kennen lernen, während ich Hosen kürze. Brauchst du mich dann überhaupt noch?"

Kolja warf Nick einen abgeklärten Blick zu und drückte ihn fest an sich. „Jeder weiß, dass du in deinem ganzen Leben noch keine Socken gestopft und Hosen gekürzt hast, auch wenn du das noch so oft erzählst. Ist das deine Tarngeschichte, damit keiner mitbekommt, wie durchgedreht du bist?"

„Das ist nicht fair", Nick boxte ihm den Ellbogen in die Seite.

„Wer ist das eigentlich?", fragte Kaal dazwischen und zeigte auf einen unauffälligen jungen Mann, der gerade ans Lagerfeuer gekommen war und nach rechts und links schaute. „Wir müssen jeden Neuling jetzt mit doppeltem Röntgenblick anschauen, damit uns nichts entgeht."

„Das ist Aro", wusste Nina, „er hat vor ein paar Wochen das Bestattungsinstitut von seinem Vater übernommen, sei nett zu ihm."

„Alles klar, ich werde ihn mal anquatschen", Kaal ging zu ihm.

„Also Leute, alles klar soweit?", Nina lächelte und hob ihre Hand. Nick schlug zuerst ein, dann Kolja.

23

Nick wachte mitten in der Nacht auf, sein Schlafrhythmus war immer noch durcheinander, und schaute aus dem Fenster in die Dunkelheit. Kolja lag neben ihm und atmete regelmäßig ein und aus. Nick stand auf und ging zuerst auf Toilette, danach holte er seinen Taschencomputer und schrieb Ruby eine Nachricht: „Lass uns morgen um 10 Uhr hier treffen" er fügte eine Adresse hinzu und legte sich weder hin.

Am nächsten Morgen ließ er Kolja im Bett und machte sich auf den Weg zur neuen Kleidersammlung. Blieb davor auf der Straße stehen und hielt Ausschau nach Ruby. Wie immer war die Straße sehr ruhig, nur ein kleiner Lufthauch regte sich.

„Wie siehst du nur aus", hörte er hinter sich und drehte sich um. „So kannst du tatsächlich nicht länger rumlaufen", sie taxierte ihn von oben bis unten.

Ruby sah schmaler aus als letztes Mal. Trug ein knielanges Kleid, welches in dem dunkelsten Rot gehalten war, das er je gesehen hatte. Dazu hatte sie ihre Haare hochgesteckt und schob ihre Sonnenbrille kurz runter. Um die Schulter baumelte eine Umhängetasche.

„Zum Glück habe ich dein neues Outfit fertig", fuhr sie fort „in der Kleidersammlung war ganz schön was los. Was hat es mit den ganzen Umräumarbeiten auf sich?"

„Du wirst schon sehen", er lief vor zum Hauseingang und sie folgte ihm.

Zusammen stiegen sie in den ersten Stock und Nick gab den Code ein. Sie traten ein und Nick sah, dass überall noch Kisten und Haufen mit Kleidung herumlagen, auch wenn ein Großteil bereits eingeräumt war.

Ruby lief an ihm vorbei und sah sich in den ersten Räumen um. „Nick, was ist das?", fragte sie ungläubig.

„Wir machen ein paar Umstrukturierungen" lächelte er. „Ich hoffe, es gefällt dir. Komm mit", er hakte sich bei ihr ein und zog sie hinter sich her. „Hier kommen noch mehr und mehr Klamotten", er zeigte auf die großen Räume, „und hier entsteht ein neues Schneiderzimmer. Und wenn du willst kannst du an diesem neuen Standort nach Lust und Laune planen, entwerfen und nähen."

Ruby trat heran, sah sich um und ging zum Fenster, um herauszuschauen. „Nick, ich weiß nicht…"

„Was spricht dagegen? Es war doch immer dein Traum…"

„Hier ist man so sichtbar. In der alten Halle konnte ich untertauchen, das hat mir gefallen."

„Du musst nicht, wenn du nicht willst", er ging zu ihr und legte ihr die Hand auf die Schulter. „Aber ich würde mich freuen, wenn das hier dein Reich werden würde. Ich ziehe sowieso viel lieber aus dem Hintergrund heraus die Fäden."

„Danke. Ich muss das noch verarbeiten, hätte nie für möglich gehalten, dass das wirklich möglich ist", sie umarmte ihn und sie blieben eine kleine Ewigkeit ganz nah beieinander.

„So, jetzt müssen wir aber an dem hier arbeiten", sie löste sich von ihm und zeigte auf Nicks viel zu weite Kleidung.

Ruby drückte ihm ihre Tasche in die Hand und er machte sich auf den Weg zur Umkleide. Dort streifte er zuerst Koljas T-Shirt und Hose ab und zog Rubys Werk heraus. Es war weder Rock noch Hose, nicht Fisch noch Fleisch. War in Sonnengelb, einem tiefen Orange und

Limettengrün gehalten. Nick drehte und wendete es, bis er eine Idee davon bekam, wie man es anzog und schlüpfte hinein. Der Stoff war weich und an manchen Stellen eng geschnitten, an anderen sehr weit, mal gerade, dann wieder asymmetrisch. Nick zog den Reißverschluss zu und trat hinter dem Vorhang hervor. Ruby stand schon mit verschränkten Armen da. Sie musterte ihn, ging um ihn herum und zog ihre Sonnenbrille ab. Dann hielt sie sich die Hand vor den Mund und wandte sich ab.

„Ich hoffe, es sieht nicht so schlimm aus, dass du dich gleich übergeben musst", sagte Nick und strich sich über den Einteiler.

„Du siehst so anders aus…", sagte sie schließlich und ihre Stimme kam von ganz weit weg.

„Hast *du* das gemacht?", fragte Nina, die gerade dazukam. „Nick, du bist kaum wiederzuerkennen."

„Ich dachte auch nicht, dass ich der Typ für Grün wäre", sagte er.

„Ach Quatsch, in dir ist ganz viel Grün", schnaubte Ruby.

„Oh, wenn die anderen das sehen, da wird der Run groß sein", Neev kam mit Misha dazu und sie standen alle um Nick herum. „Schön, dass ihr alle da seid. Es gibt noch ein paar Details zu besprechen."

„Ruby, du hast ein wunderbares Talent dafür, die Stofflichkeit, die unter der Haut der Leute liegt, herauszubringen", sagte Misha, legte den Kopf schief und schaute Ruby neugierig an. „Ich habe vorher gar nicht die vielen Stofffetzen, Schnipsel und schiefen Säume der Menschen wahrgenommen und auf einmal waren sie da, oberhalb der Epidermis."

„Jetzt wo du es sagst", Nick kratzte sich am Hinterkopf, „das ist genau das, wo ich schon immer hinwollte.
Vielleicht weiht Ruby mich in ihre Techniken ein."

„Dann kann es ja losgehen", lächelte Neev.

„Ich kann es kaum erwarten, mit dir verrückte Kleidung für verrückte Leute zu fertigen", Nick schaute zu
Ruby, die ihre Sonnenbrille auszog.

„Wenn du meinst", sie grinste verwegen.